私を追放したことを後悔してもらおう2
～父上は領地発展が私のポーションのお陰と知らないらしい～

登場人物紹介
ルーク
アリシアの護衛で剣術の達人。
飄々としていて、謎が多い。
実はアリシアと似た境遇。
アリシア
ポーション研究好きの元令嬢。
父に領地を追放されたが、
最高レベルの調合スキルで
薬師として活躍中。
ランド
亀の精霊。
アリシアに助けられ、
以降行動を共にしている。
伸縮自在。

エリカ
莫大な資産を持つ大商会
「スカーレル商会」の娘。
アリシアの友人でよき理解者。
トマス
プロミアス領の領主でアリシアの父。
短気で保守的な価値観を持っている。
アリシアを勘当するが……。
オルグ
史上最年少でSランクになった冒険者で、
「赤の大鷲」のメンバー。
アリシアに想いを寄せている。
レン
「スカーレル商会」の調合師。
不愛想だが、心配性な一面も。
ブリジット
シアン領の領主の娘で、
次期領主。風魔術が得意。

プロローグ

「……」

私は無言のまま、広くもない部屋の中をうろついていた。

落ち着かない。こういうときはポーションの調合をして気を紛らわせるけれど、今日ばかりはそれもできない。普段なら絶対にしないようなミスをしそうだからだ。

「ねえランド、どうしようか。俺の雇い主様が見世物小屋の珍獣みたいになってるんだけど」

「……まあ、無理もなかろうな。予定では今日完成すると言っておったし」

部屋の隅で金髪の美青年ルークと亀の精霊ランドがひそひそと話しているけれど、それに突っ込む余裕もない。

ここはトリッドの街にある宿屋、「長耳兎亭《ながみみうさぎてい》」の一室だ。

この街に来たばかりの頃に利用していた宿屋である。諸事情により、私は一時的に拠点をこちらに移している。

そしてその諸事情というのが――

「あー、こちら、アリシア様のお部屋でよろしかったですかい？」

来た！

ノックとともに聞こえた言葉に私は素早く反応し、部屋の扉を開ける。

そこに立っているのはいかにも大工です、という頑強な薄着の男性である。彼こそが私の待ち人だ。

「で、できましたか？」

私が聞くと、彼はにやりと笑った。

「ええ、つい先ほど。屋敷の改装工事、ばっちり完了いたしやした。――ポーションをお売りになるっていう、店舗のほうも含めて」


「おおおおお……！」

私は目の前の光景に思わず歓声を上げる。

私は半月ほど前、「戦斧《せんぷ》のガロス」と呼ばれる盗賊の一味に誘拐された。この街の薬師ギルド長でもあるアーロン工房の工房長が、彼らに依頼して私を街から排除しようとしたのだ。私は監禁された場所で出会ったルークと協力し、どうにか生還。工房長はこれまでの悪事が明るみになり、ガロスの一味もろとも投獄されることとなった。

護衛としてルークを雇って身の安全を確保した私は、前々から温めていた計画を一段階先に進めることにした。それがぼろぼろだった屋敷の改築である。

「ついに、ついに私の店が……！」

そこにあるのは、同じ場所とは思えないほどに変貌した屋敷の姿だった。

荒れ放題だった庭はきちんと整備され、屋敷に絡まるツタはすべて撤去。割れた窓やら建物のヒビやらも修繕され、貴族の館といっていいくらいの立派な外観になっている。

しかしなにより目を引くのは、庭に新たに作られた建物だろう。

明るい色の木材で作られたそれは、可愛らしい看板とテラス席でも用意すれば、若者向けの喫茶店として通用しそうだ。しかし中に並べるのは私が作る各種ポーションである。

そう――これは私がこれから開くポーション店なのだ。

街の大工ギルドに依頼して屋敷を改修、増築してもらっており、その完成が今日だった。依頼内容は「屋敷の修繕」、「庭にポーション店として使える建物を作る」、という二つ。

私がそわそわしていた理由である。

「さあさあ中を確認してくだせえ、お客様。ご要望はきちんとすべて守ってあります」

「はい！」

棟梁《とうりょう》の声に従い、意気揚々と敷地に足を踏み入れる。

まずは店となる建物の中。

ここにはポーションを置く棚と、会計用のカウンター、裏にはポーションを置いておく倉庫がある。

倉庫はあまり広くないけれど問題ない。もっと大きな保管場所は屋敷の中にある。

「木材のいい匂いがするね。落ち着くなあ」

「清潔感があるのもいいのう」

ルークとランドが口々に言う。

まだ装飾もなにもないけれど、そこまで派手にする必要はないだろう。

ものが少ないと清潔に見える。ポーション店ならそういう印象もいいほうに働くはずだ。……観葉植物くらいは置いたほうがいいかもしれないけれど。

ある程度確認したのち、庭を突っ切って今度は屋敷の中へ。

まず目に飛び込んでくるのは広々とした玄関ホールだ。天井が吹き抜けになっているため、視線を上げると瀟洒《しょうしゃ》なデザインの二階の手すりが見える。左に応接室、右に食堂へと続く扉があるのを確認しながら前に進むと、突き当たりには大きな木製の扉がある。それを通り抜けると、奥には物々しい鉄扉が更に待っている。

「ご注文通りゴツい扉をつけやしたが……本当にこれでよかったんで?」

確認する棟梁《とうりょう》の言葉に頷《うなず》く。

「ええ。調合師にとってポーションの調合レシピは特に大切なものですからね。工房の扉はどれだけ頑丈にしても足りないくらいです」

そう、屋敷一階の奥はポーション工房である。

ポーションの作り方は調合師によって微妙に違い、その差が個性になったりする。

ゆえに、調合レシピが外部に漏れないよう厳重に工房を管理するのが調合師の鉄則である。

……と、スカーレル商会のポーション工房を管理しているエリカが以前言っていた。

「お客様がそう言うなら構いやせんが。あ、開けるときはこの真ん中の石に手をかざしてくだせえ。みなさんの『魔力紋』に反応して開くようにしてありますんで」

魔力紋。

生物というのは大なり小なり魔力を持つものだけれど、指紋と同じく個人ごとにパターンが違う。それを識別して鍵代わりにする魔道具がこの扉には備わっている。

魔力紋は複数登録することができ、すでに私だけでなくランドとルークもこの扉を開けられる。精霊であるランドの体にもきちんと魔力は流れているため問題ない。また、魔力紋の追加登録、抹消も簡単に行うことができる。

鉄扉に手をかざし、ゴゴゴゴ……という地響きのような音が止むのを待ってから奥へ。

「おおーっ」

中はまさしくポーション工房だった。

個人の工房と考えればかなり広い。まだなにも置いていないから、余計にそう見えるんだろう。

ああ、早く素材や器具を持ち込んで、自分好みに改造《もようがえ》したい！

「魔力式の粉砕機はあっち、攪拌機《かくはんき》は……」

「はいはい、嬉しいのはわかったから次に行くよアリシア、棟梁《とうりょう》さんが困ってるからねー」

ルークに引きずられて今度は工房左手の扉に向かう。

扉の先にあるのは貯蔵庫だ。ここには完成品のポーションだけでなく、素材も置く予定である。

そしてこの貯蔵庫には、とある設備が存在する。

「こ、これが魔力式自動昇降機ですか」

「ええ。魔力を注ぐだけで、簡単に上下数メートルを移動できるってシロモノです」

貯蔵庫は床の一部の色が違う。そこに乗って棟梁《とうりょう》が魔力を込めると、色の違う床が真下に動いた。落下しているのではなく、あくまでゆっくりとだ。

そうしてやってきたのは地下の畑である。

私はポーション店の出店許可証の発行を申請したとき、例のアーロン工房の工房長から大量の『解毒ポーションV』を作るよう指示された。工房長の根回しによって、素材である「すずらん草」を買い占められた私は、成長促進ポーションを用いてここですずらん草を大量に育てて対処した。とはいえ屋敷の改装中は地下で畑の世話をすることもできないからと、それらは事前にすべて刈り取ってしまったので、今はなにも植えられていない。

足元の昇降機を見下ろして、棟梁《とうりょう》が説明を続ける。

「この昇降機はかなり重いものも運べるので、素材なんかを移動させるのには重宝するでしょうね」

「うむ。いちいち大量の素材を持って階段を上がるのは大変じゃからのう……」

棟梁《とうりょう》の言葉にランドがしみじみと同意する。

昇降機によって、この地下畑は一階の貯蔵庫とつながっている。ここで収穫したポーションの材料を、昇降機で上まで運ぶわけだ。手に抱えて移動するよりはるかに効率的である。

棟梁《とうりょう》がふとこんなことを言った。

「しかしお客様、よくこんなもん注文できやしたね。昇降機ってのは確かに便利ですが、つけるのには莫大《ばくだい》な金がかかりやすから」

「あー……その、まあ、出資してくれる方がいましたので」

「ずいぶん目をかけられてるんですなあ」

「……目をかけられているというか、迷惑をかけられた謝罪の証というか」

「？」

棟梁《とうりょう》はよくわからないというように目を瞬《またた》かせた。

今回の改築はかなり高くついた。それを可能にしたのは、以前この屋敷で見つけた宝石類を売って得たお金と、アーロン工房からの賠償金だ。アーロン工房は現在、衛兵に捕まった元工房長に代わってその補佐役だったベン氏が長を務めている。ベン氏はかつての上司がしたことを謝罪したのち、償いとして私の開業のために多額の出資を申し出てくれた。

私はそれを受け、結果として、この昇降機なんかの高額設備が用意できたのである。

……なんて事情は言いづらいので、ここは適当に濁《にご》しておきましょう。うん。

さて、地下畑を一周し、昇降機で一階に戻る。

そのまま一階の厨房や食堂、応接室、二階の生活空間などをチェックしていく。

問題点は特になし。いい仕事だ。

「では、自分はこれで。またなにかあれば遠慮なく呼んでくだせえ」

「はい。ありがとうございます」

屋敷を出たところで、棟梁《とうりょう》は挨拶《あいさつ》をして去っていった。

「……で、アリシア。これからどうするんじゃ？」

ランドの問いかけに私はこう宣言した。

「もちろん開店に向けて準備です！」

第一章

さて、開店準備と一口に言っても、やることは山ほどある。

商品決め、値段設定、調合道具や機材の用意、素材の調達ルートの確保などなど。

一番初めにすることは商品決めだ。

狙う客層は、まず冒険者。

というわけで、手始めにオルグたち「赤の大鷲」に聞いてみることにした。腕利き冒険者である彼らは冒険者の需要をよく知っているはず。

「まあ、魔物除けやヒールポーション、それに解毒ポーションがいいんじゃないか？」

オルグがそんなことを言う。

「ふむふむ。冒険者ギルドで売っているものと同じですね」

「あー、あとは虫除けがあればいいとはいつも思うな」

「虫除け？　虫型の魔物ではなく？」

「ああ。フォレス大森林には毒を持ってるようなタチの悪い虫が結構いるからな。野営のときなんかは特に気を遣うんだ」

「なるほど……それは盲点でした」

虫への対策は考えていなかった。この街の冒険者はほとんどがフォレス大森林で活動しているので、同じ悩みを抱えている人も多いだろう。他にもオルグの仲間が「女冒険者は体を清めるポーションが欲しいってよくぼやいてるぞ」と情報をくれた。これも参考になる。

オルグたちの他に「長耳兎亭《ながみみうさぎてい》」の女将などにも取材を行い、生活に役立つポーションにいくつか目星をつけておいた。

せっかく店を開くのだから、冒険者だけでなく街の人に需要があるものを作るのもいいだろう。

ポーションは薬師ギルドによって大まかな値段が決められているので、値段設定は問題なし。

機材の調達もそこまで苦労しなかった。前の屋敷の持ち主も調合師だったようで、古い機材がいくつか残っているのだ。これらは修理すれば問題なく使うことができた。

問題は素材の調達ルートだ。

さすがに地下畑だけで全種類の素材を用意するのは無理がある。

冒険者に依頼してもいいけれど、それだと安定した供給は望めない。冒険者が依頼を受けてくれるかどうか読めないことだし。

ベン氏に尋ねたところ、素材の調達は自家栽培するか、近隣の農家に頼るのが普通らしい。トリッドの街近郊ではポーションの素材を育てる農園が多くある。それらの農園は薬師ギルドによってリスト化されていて、街の工房の主たちは、そのリストから条件に合う取引相手を選ぶのだ。

私たちもその仕組みのお陰ですぐに取引相手を見つけることができた。

なんでもトリッドの街のそばで大規模な農園を経営していて、安定して素材を供給できるそうだ。さすがにフヨウの実などの特殊な素材は育てていないものの、癒《いや》し草、すずらん草といったポピュラーなものはばっちり揃《そろ》っていた。

買えないものは地下畑で育てればいいので、これで素材についても解決した。

そんなふうに開店の準備が進む中、ある日見知らぬ商人が私の屋敷を訪ねてきた。

玄関先でにっこりと笑みを浮かべた商人は、こんなことを言った。

「初めまして、アリシア様。聞くところによりますと、近々ポーション店を開くご予定だとか……」

「その通りですが……それがなにか？」

「私、そんなアリシア様にいいものをお持ちしました。ポーションを入れる瓶なのですが、ただのガラス瓶ではありません。ぜひ見ていただければと」

「ポーション瓶、ですか」

確かにそれも必要なものだ。せっかく来てもらったことだし、ランドと護衛のルークを伴って、商人を応接室に案内する。ソファに腰かけた商人は、さっそくテーブルに美しい小瓶を置いた。

「これは……確かに普通のポーション瓶とは違いますね。とても綺麗です」

瓶の表面は花弁のような模様に彩《いろど》られていて、精緻《せいち》な細工が施された工芸品のようだ。

商人は揉み手をしながら満面の笑みを浮かべた。

「これはシェード領で産出される『花水晶』で作られた瓶です。美しいでしょう？　これにポーションを入れて売れば、飛ぶように売れること間違いなしでございます！」

「しかし普通の瓶よりも高価ではないのですか？　ポーションは消耗品《しょうもうひん》です。値段を上げすぎるようなことはしたくありません」

私が言うと、商人はにやりと口の端を吊り上げる。

「アリシア様はランクⅤのポーションをお作りになれるとか。高ランクのポーションともなれば、やはり見栄えのよさも必要というもの。低ランクのものと明らかに違う見た目にすることで、効能に説得力が生まれます」

「ふむ」

「それに実力のある冒険者は、使うアイテムにもこだわるものです。騙《だま》されたと思って、一度試してみませんか？　まとめて買っていただけるのでしたら、半額でお譲りいたしますよ」

流れるように商品を薦《すす》めてくる商人。

言っていることが正しいのかはわからないけれど、一理あるようにも感じる。半額で売ってもらえるというなら、試しに買ってみるのも悪くないだろうか？

『『――なし（じゃろ）』』

なんて考えていたら、念話でランドとルークの二人から同時に却下が入った。私は商人に聞こえないよう、念話で尋ね返す。

『なし、ですか？　なぜです？』

『この商人、微妙に心が汚れておる。腹黒といえるほどでもないがの。信用ならん』

これはランドの台詞。

精霊であるランドの相手が善人か見抜く能力は、本当に便利だ。

『ランドはそういう理由ね。なら、なおさらやめとこう。……というか俺、この瓶について知ってるんだよね。ちょっと任せてもらっていい？』

『は、はい』

という念話でのやり取りののち、ルークが商人に向かって口を開いた。

「商人さん、これは花水晶の瓶って言ってましたよね？」

「ええ、その通りです。最近は貴族のみな様が香水なんかを入れる際によく注文を――」

「それ、本当に安全ですか？」

ルークが斬り込むと、一瞬だけ商人が体を揺らした。

「な、なんのことでしょうか？」

「いえね、噂になってるんですよ。近頃王都に暮らす貴族の間で、香水の入れ物として珍しい色の瓶がはやっていて――それを用いた人間が体調を崩してるって」

「それは瓶の中身の問題でしょう」

「貴族の中には、そう思わない人物もいたんですよ。瓶を調べた結果、花水晶には微量ですが人体に害のある物質が含まれているとわかりました」

ルークの言葉に商人の顔色がだんだん悪くなっていく。

「で、その瓶は卸《おろ》していた業者にすべて返品。この国のどこかには、不良品の花水晶の瓶を大量に抱えたかわいそうな商人がいるそうですね」

「……」

「そんなかわいそうな商人は、きっとどうにかして瓶を処分したいと考えているでしょう。処分するといっても、捨ててしまっては大損です。では、誰に売りつけるか？　貴族が少ない土地の、噂に疎《うと》い職人相手なら丁度いいですね。シアン領の調合師なんてまさにぴったりです」

商人の顔色は青を通り越して真っ白になっている。

額からは脂汗《あぶらあせ》がだらだら落ち、視線は落ち着きなくさまようばかり。

「さて商人さん、ここで問題です。騙《だま》して瓶を売りつけようとしたことをあなたの名前付きでここら一帯に広めたら、どうなると思いますか？」

「そ、それは……！」

考えるまでもない。商人は信頼が命だ。

健康に害のある商品を売りつけようとしたなんて噂が立ったら、この商人は誰とも取引をしてもらえず破滅するだろう。

「な、なにがお望みですか……」

商人のか細い問いかけにルークはにっこり笑った。

「花水晶の瓶は結構です。しかし普通のポーション瓶は売ってもらいましょう。割引額によってはさっきの話は黙っておいてもいいですよ」

「……わかりました……」

商人は涙目で頷《うなず》く。……なんだか商人のほうがかわいそうになってきた。

なにが気の毒かって、いつの間にか普通のポーション瓶を安く売ることになっているあたりが特に。

そんなわけで、私たちは通常よりもはるかに安くポーション瓶を仕入れる目途が立ったのだった。

……それにしても、ルークはどこで王都の事情なんて知ったんでしょう？

相変わらず謎の多い人物である。

▽

「やっと調合できます……！」

「嬉しそうじゃのう、アリシア」

工房で笑みを抑えきれずにいる私に、ランドが半ば呆《あき》れたように言った。

今までは屋敷の改築だの、素材の確保だのとややこしいことにずっと対応していた。しかしそれらが終わった今、次の作業は商品作り。

つまり、ポーションの調合だ。

ようやく本業に専念できるのだから、嬉しくないわけがない。

私は工房の機材を使ってどんどん調合を進めていく。

ヒールポーションや魔物除けは多めに作っておくべきだろう。数はたくさん必要だけれど、高ランクのものを作って薄めれば問題ない。

「屋敷に残っていた機材が再利用できて助かりました」

魔力式の粉砕機に癒《いや》し草を詰め込みながらしみじみ呟《つぶや》く。

これを使えば、魔石をセットするだけで、素材となる植物を細切れにすることができる。手作業でざくざく切っていた今までとは、作業効率が段違いだ。

「はー……便利じゃのう、これ」

どががががが、とプロペラ状の刃を回転させる粉砕機を眺めてランドが呟《つぶや》いた。

ちなみにルークはこの場にいない。

市場へ食料品、日用品などを買いに出かけているからだ。

もともと護衛として雇ったのだけれど、それだけでは申し訳ないとこうして雑用を引き受けてくれている。

今は開店準備で忙しいので、正直ありがたい。

ペースト状になった癒《いや》し草をガラス製の器に入れ、ランドが出してくれた魔力水を注ぐ。あとはスキルを使えば完成だ。

【調合】！

　魔力を込めて手をかざすと、ガラス越しの魔力水が光を放つ。光が収まると、そこにはきらきらと宝石のように輝く液体が詰まっていた。私は思わずにんまりと口元を緩める。なんの変哲もなかった魔力水がポーションに変化する瞬間は、何度見ても心が躍《おど》ってしまう。

さて、次は出来上がったポーションの鑑定だ。


『ヒールポーションⅤ』：回復効果のあるポーション。とても高い効能。


よしよし、きちんとできている。

あとは売るぶんを取り分け、残りは薄めてランクⅢにするとしよう。

薄めたポーションを瓶に詰め、店に並べるヒールポーションを量産していく。

「ただいまー。アリシア、ちょっといい？」

「はい？」

工房の扉を開けて、ルークが顔を覗《のぞ》かせた。

どうやら買い出しから戻ってきたようだ。

ルークが手招きしているので、調合を中断して工房の外に向かう。

「おかえりなさい、ルーク。なにかあったんですか？」

「アリシアにお客さんだよ。買い出しから戻ってきたら、屋敷の前でうろちょろしてた」

「はあ。お客さんですか」

ルークに連れられて応接室に行く。

するとそこには、画家のような帽子を被った一人の少女が待っていた。

その手にはペンと手帳が握られている。

私を見るなり、少女はぱっと顔を輝《かがや》かせて――

「おーっ、あんたが噂の『緑髪のポーション売り』？　はじめまして私はメアリー！　冒険者にして凄腕の情報屋やってます！　……というわけで開店直前の取材をしてもいいですか？　いいですね？　やったーありがとうございます！」

「……」

私はまだなにも言ってない。

なんですかこの人、と私は素で思った。

▽

私はテーブルを挟んで目の前の少女と向かい合った。

「それで、ええと、メアリーさんでしたね」

「メアリーでいいよ！」

「……わかりました。それでメアリーはなにをしにここへ？」

「取材だよ！　アリシアはこの街で最近有名な調合師なんでしょ？　そんなあなたが店を開くって聞いて、これはもう直撃取材するしかないなって思って！」

帽子を被った少女、メアリーは明るい声でそんなことを言う。

取材とは変わった用件だ。

というか本当に目の前の少女は冒険者なのだろうか。

彼女の外見を改めて見ると、動きやすそうな軽装に加えて、腰にはナイフを差している。冒険者パーティには偵察役を担う「斥候《スカウト》」という役割があると聞くけれど、そんな感じに見えなくもない。

「それでアリシア、取材を受けてくれるよね？」

きらきらした目を向けられる。

本音を言えば今すぐ調合に戻りたいけれど……せっかく来てくれたことだし、少しくらいなら構わないということにしよう。

「わかりました。それで、取材というのはなにをすればいいんですか?」

「あたしの質問に答えてくれたら大丈夫! それじゃあまずは――」

メアリーが次々と質問をし、私がそれに答えていく。

もちろん答えられないところはぼかした。

ポーションの製法だとか、【調合】スキルのレベルだとかは秘密だ。

すると、いきなりメアリーが目をきらりと輝《かがや》かせた。

「では次の質問! ……Sランク冒険者のオルグと恋仲だって噂は本当?」

「はい?」

「いやだから、オルグとアリシアが恋人同士だって噂が流れてるんだけど。これって本当?」

まったく身に覚えがない。

だいたい、ポーション作りしか特技のない私に恋人ができるなんて、天地がひっくり返ってもないだろう。そんなことができるなら、領地を追い出されたりしていない。

混乱する私をよそに、メアリーはずいっと身を乗り出してくる。

「オルグってすごい強いし、『世界七大魔剣』の一本を持ってたり史上最年少でSランクになってたりでいろいろと話題性があるんだよね」

世界七大魔剣? 史上最年少でSランク?

なんだか知らない情報がどんどん出てくる。そういえばオルグについて、あまり知らない。ぼんやりとすごい人なんだろうなと思ってはいるけれど。

「けど、今まで浮いた話は全然なくて、だからこそ彼の恋愛ネタは読者のウケが抜群にいいってわけ！　ねえどう？　オルグとはなにかないの？　っていうかなんなら今からでもネタ作ってくれたりしない？」

「え、あ、いえ私はそういうのは」

「そんなこと言わずに！　数字が取れるの！　やっぱゴシップは数字がすべてなの！」

「だ、だいたい今からネタを作ったら嘘じゃないですか！」

「あたし情報って面白ければ嘘でもいいと思うんだよね！」

ものすごい至近距離に迫られてそんなことを言われた。なんてはた迷惑な熱意……！

そんなやり取りをしていると、ひょい、とメアリーの首根っこが掴《つか》まれた。

猫のようにメアリーを持ち上げたルークは、にっこりと笑みを浮かべて言う。

「――メアリーさんだっけ。俺の雇い主が怖がってるからそこまでにしてくれるかな？」

……怖い。

ルークはときどきすさまじい威圧感を放つ気がする。

「すすすみませんでした」

すぐに大人しくなってペコペコするメアリー。

ごほん、とメアリーは咳ばらいを一つした。

「そ、それじゃあ……アリシアのお店で販売する中で、『イチオシ！』って感じのポーションはある？」

今度はまともな質問だ。

「そうですね、やはり魔物除けでしょうか。これは私以外では、現在スカーレル商会でしか扱っていないと聞いています。他にも害虫対策用のポーションも用意しています」

「ふむふむ。フォレス大森林で活動するなら虫は困るもんねえ」

「あとは……そうですね。生活に役立つポーションなんかも販売する予定です。消臭ポーションや、洗浄ポーションなどですね」

そう答えると、メアリーはぽかんとした。

「消臭ポーションに洗浄ポーション？　そ、そんなのがあるの？」

「ええ。そういえば試作品が余っていましたね……よければ使うところを見学しませんか？」

「う、うん！　ぜひ！」

調合をするところを見せるわけではないので、問題はない。

洗浄ポーションで手近にあった汚れた鍋を洗ってみせることにした。

ポーションをかけ、水ですすぐとあら不思議。

焦げ付いていた鍋が新品さながらに輝《かがや》きを取り戻した。

「なななななな」

それを見たメアリーが目を丸くしている。

「こんな感じのポーションなんですが……売れるでしょうか？」

「いや売れるかってそんなの決まりきってると思うんだけどこんなの」

「はい？」

メアリーはがっしと私の肩を掴《つか》んで言った。

「とりあえず、情報屋のメアリーさんからアドバイス。明日の朝イチで洗濯場に行ってどろどろの服にでも使ってみるといいよ。あ、必ず人前でやるんだよ？　誰も見てないところでやっても意味ないからね！」

「は、はあ」

なんだかよくわからないけれど、そのくらいなら試してみてもいいだろう。

そんなやり取りを最後に、謎の冒険者メアリーの取材は終了した。

▽

「とうとうこの日がやってきましたね……！」

「うむ」

「いよいよだねえ」

店の中に私、ランド、ルークの声が響く。

店内の棚にはポーションがずらりと並び、購入されるのを待っている。在庫もたっぷり作った。

準備は万全だ。

というわけで、私が店主を務めるポーション店、いよいよオープンである。

店名は「緑の薬師」。

冒険者の間で広まっていた、「緑髪のポーション売り」というあだ名をもとに、三人で相談して決めた。まあ、わかりやすくていいだろう。

……

「……胃が痛くなってきました」

「心配症じゃな」

「そうは言いますけどね、ランド。今日までにどれだけ手間をかけて準備してきたと思ってるんですか。緊張するなというほうが無理です……」

宣伝はきちんとした。

冒険者ギルドに張り紙をしたし、知り合いの冒険者たちにも声をかけた。試供品だって配った。

しかし商売に絶対はない。あのエリカだって、新事業は二割当たればいいほうだと言っていた。

「ポーションというのはおおまかな売値が規則で決まっているので、極端に安くしてお客を呼ぶことはできません。冒険者向けの商品の品揃《しなぞろ》えもギルドとあまり変わりませんし、立地も街の大通りからは少し離れていますし……」

ああ、考えれば考えるほど腰が引けてくる。

もうすぐ開店時間だというのに。

「はいはいシャキッとしてね雇い主さん。ここまで来たら逃げても仕方ないでしょ」

「わ、わかりました」

ルークに背中を押されて、私は閉じていた木製の扉に手をかける。

そうだ、私はルークの雇い主にしてこの店の責任者だ。

覚悟を決めよう。

今どれだけ閑古鳥《かんこどり》が鳴いたとしても、私はこの店を盛り上げていくんだ！

「い、いらっしゃいませ。ポーション店『緑の薬師』、ただいま開店で――」

「「「――ポーションを寄越せぇえええええっ!!」」」

「!?」

いきなり大勢の冒険者が押し寄せてきて、私は思わず店内に逃げ込んだ。

しかし扉を閉め損ねたため冒険者たちは当然のように中に入ってくる。


「魔物除けはどこだ！」

「あったぞこっちだ！　買い占めろ！」

「虫除けポーションは一つ残らず俺たちのもんだあああ！」


ポーション棚に群《むら》がり、すさまじい奪い合いを始める冒険者たち。

こ、この展開は予想外です……！

「まあ、やっぱりこうなるよねぇ」

ルークは苦笑しながらその光景を眺めている。

「な、なぜルークはそんなに平然としているんですか？」

「いや、だってアリシアの魔物除けって、ギルドに納品したらいつもすぐに売り切れるじゃないか。それに虫除けポーションの試供品もかなり評判よかったし」

「……それ、さっき言ってくれたら無駄に緊張せずに済んだのですが」

「さっきまでのアリシア、俺の話なんて聞こえてなかったじゃないか」

それはまあ、そうかもしれない。

開店前の緊張はかなり大きかったから。


「おい！　これは俺が先に取っただろ⁉」

「知ったことか！　悔しかったら奪い返してみろ！」

「てめえっ……」


お客が集まったのは嬉しいことだけれど、同じ商品目当ての人が多いせいで騒ぎが起こってしまっている。魔物除けを買える数を制限する貼り紙をしているけれど、どうやらそれも目に入っていないようだ。

「……仕方ありません、争いを止めてきます」

「ああ、待った。俺が行くよ」

「いいんですか？　では、すみませんがお願いします。荒事は苦手で」

「うん。任せて」

争いを続けている冒険者たちの元にルークが歩いていく。

そんなルークの手には木剣が握られている。防犯用として、カウンターの内側に用意しておいたものだ。

……ちなみに。

木剣《ぼっけん》でもルークの持つ【剣術Ⅴ】のスキルは発動する。

「あの、ルーク。一応言いますが、できれば手加減してあげてもらえると」

「あはは、やだなあ。心配いらないよ」

「そ、そうですよね。いくら暴れていても、開店初日のお客にあまり酷《ひど》いことは――」

「――冒険者はみんな頑丈だからね。多少どついても問題ないよ」

私の求めている答えと違うんですが……

その後数分で場を鎮静化させたルークの指示により、冒険者たちは綺麗に列を作ってポーションを買っていった。

この件から、私の店には凶悪な番犬がいる、という噂が立ってしまったけれど、私は否定することができないのだった。

なにはともあれ、結果は初日から大繁盛である。

このままの勢いが続いてほしいと思う。

▽

冒険者というのは、基本的に朝から夕方にかけて仕事を行う。よって、買い出しが行われるのは朝の出発前か夕方以降であることが多い。昼頃には余裕ができるはずなので、その時間は店番をルークに任せ、私は翌日分の調合をする。

……という算段だったのに。

「調合師！　調合師はいるの⁉」

「わ、私がそうですが」

「この洗浄ポーションって本当にお皿や服の汚れが綺麗に落ちるのかしら？　それでモノが傷《いた》んだりとかはしない？　絹や麻や毛皮で違ってくるのかしら？」

「ええと、まず絹については――」

女性客にポーションの詳細について聞かれたので、私が対応する。

さすがにルークも効果の詳細までは理解していないので、私が出ていくしかない。

冒険者たちがはけたあと、次に来店したのは洗浄ポーションや消臭ポーション目当てのお客たちだった。

トリッドの街の主婦や料理人ばかりでなく、なんと隣街に住む貴族に仕えるメイドまで買い付けに来たのだから驚きである。

お客の対応に追われて、昼を過ぎても調合どころじゃない。

数日はもつだろうと思っていたポーションが底を突きそうな勢いだった。

なんとかお客をさばききって、私は思わずテーブルに突っ伏した。

「な、なぜ初日からこんなにお客が……」

繁盛するのはありがたい。けれどここまで忙しいと喜ぶ暇もない。

「例の洗濯場での一件で噂が広まったのかな？」

ルークが言っているのは、メアリーの助言を実行したときのことだろう。街の女性たちが集まって洗濯を行う場所で、泥だらけの服が洗浄ポーションによって綺麗になる光景を見せたのだ。日々洗濯物に苦労する彼女たちにとって、洗浄ポーションは革命的だったらしく、あのときは質問攻めにされて大変だった。

「たしかにあれも影響しているとは思いますが……それだけで説明がつくでしょうか」

「うむ。街の外からも客が来ておったからのう。まったく、どこで聞きつけたのやら」

どうも他にも理由がある気がする。

三人で頭を悩ませていると、からんころんと扉のベルが鳴った。私は急いで身体を起こす。

「いらっしゃいませ――って、オルグじゃないですか」

「おう。そろそろ客も落ち着くかと思って様子を見に来たぜ」

そこにいたのは「赤の大鷲」リーダーのオルグだ。今日は冒険者活動が休みなのか、いつも通り大剣を背負っているが鎧《よろい》は着ていない。そして手には色とりどりの花が咲く鉢植えを持っていた。

「あー、これ、開店祝いだ」

「ありがとうございます！　飾らせてもらいますね」

「……う、嬉しいか？」

「？　はい。嬉しいですよ」

私が言うと、オルグは小声で「……よし、あいつらのアドバイスに従ってよかった……！」と呟《つぶや》いた。なんの話だろうか。

「にしても、景気よく売れてるみたいだな」

「はい。でも、なぜこんなことになったのかわかりません」

「ん？　ああ、そりゃコレのせいだろ」

そう言ってオルグが取り出したのは、数枚の紙の束。

上のほうには、でかでかと「メアリー特報」なるタイトルが躍《おど》っている。

「……これは一体」

「お前んとこに、メアリーって変な女が来ただろ。あいつが発行してる……まあ、新聞みてーなもんだ」

メアリーといえば、以前取材に来たあの冒険者の少女だ。

オルグに差し出された「メアリー特報」を読んでみると、私の店についていろいろと書かれていた。なるほど、あの取材はこうして使われたと。

「あいつは文章を紙に複製できるヘンなスキルを持っててな。あちこち飛び回って面白そうなネタを探しては、こうして記事にしてるってわけだ。一応、ファンも結構いるらしい」

「つまり、私の店が初日から多くのお客に恵まれたのはそのお陰だと？」

「まあ、全部じゃないだろうけどな」

個人で発行している新聞で私の店に大勢のお客を呼び込むとは、あのメアリーという少女は思ったよりも影響力のある人物のようだ。

「ちなみに『メアリー特報』の半分はあいつが適当に書いたガセネタだから気をつけろよ」

「ええ……」

影響力があるのなら面白半分で嘘を書かないでほしい。

「あいつの記事はいろんな街にばらまかれるからな。これからしばらく、客が尽きないと思うぜ」

ありがたい話だ。

しかしこの忙しさが明日以降も続くとなるとハードすぎないだろうか。……いや、店を開くと決めたのは私だ。乗るしかない、この追い風に。

さて、とオルグは言った。

「俺はこれから予定入れてないんだよな」

「そうなんですか？　なぜです？」

「そりゃこの店になんかあったら心配で――じゃなくて。た、たまたまな。それで、なにか俺に手伝ってほしいことはないか？」

オルグに手伝ってほしいこと……

「……なんでもいいんですか？」

「ああ！　入手が難しい素材でもいくらでも採ってきてやるよ」

ありがたい申し出だ。なんて優しいんだろうこの人は。

私は素直に一番手伝ってほしいことを告げた。

「では、私と店番を代わってください！　調合をしないと商品の在庫が尽きそうなんです！」

「……」

オルグは頷《うなず》いてくれたけれど、微妙に釈然としないような表情をしていた気がする。

第二章

「緑の薬師」をオープンしてから数日が経過した。

「きょ、今日も完売……！」

最後のお客を見送った私は、閉めた扉にもたれかかった。

開店以来ずっと繁盛しているのは嬉しいけれど、私の体力がもたない。

ランドがのそのそとこちらに寄ってくる。

「大変じゃのう、店を営むというのは」

「はい、こんなに大変だとは思いませんでした……」

私はしみじみとそう言う。

この忙しさにもいずれ慣れると思いたいところだ。

「お疲れ様、アリシア。あとのことは俺たちに任せて、少し休憩したら？」

金勘定に誤りがないか確認してくれているルークが、私のほうを見て言った。

「いいえ、明日の分のポーションを調合しないといけません」

「あまり無理はしないほうがいいと思うけど」

「仕方ありません。商品を切らすわけにはいかないですからね。ふふ、まさかこの私が少しでも調合を負担に思う日が来るとは……」

私が自嘲《じちょう》すると、ルークが難しい顔で唸《うな》る。

「調合は俺も手伝えないしなあ。この際、新しい調合師を雇ったほうがいいんじゃないの？」

「む」

ルークの言葉には一理ある。

現状、この「緑の薬師」では商品の補充が間に合っていない。もともと接客をルークに任せ、私は忙しいときだけ店に出て、残りの時間は調合作業に使うつもりでいた。しかし蓋を開けてみると、私が店に出なくてはいけない時間が想定よりずっと長かった。ポーションについて説明を求める客のなんと多いことか。

とはいえ、その理由もなんとなくわかる。

私が売っているポーションはオリジナルの調合が多いから、買う人間にとっても不安なんだろう。

ルークにポーションについて最低限説明はしてあるとはいえ、深く突っ込んだ質問まではさすがに対応しきれない。そうすると説明のために私が出ていくことになり、結果として私が調合に充《あ》てる時間が足りなくなる。

仮にポーションについて細かい質問をされても答えられるような店員がいれば、私も調合に専念でき、店はうまく回ることだろう。

「そうですね。明日にでも薬師ギルドに相談して、うちで働いてくれる調合師を募集してみようと思います」

「うん、それがいいと思うよ」

私はこの店で働いてくれる調合師を探すことにした。


さらに数日後。

「……予想以上に人が集まっているんですが」

私は店の外にいる人たちを見てそう呟《つぶや》いた。

「大量じゃなあ」

「そうだね。二十人くらい来てるんじゃない？」

すぐ近くでは、ランドとルークが呑気《のんき》にそんなことを言っている。

ルークと相談した翌日、私は薬師ギルドに頼んで調合師を募集してもらった。するとあっという間に応募が殺到したらしく、応募者に店に来てもらって面接をすることにした。店を臨時休業しての大仕事である。

「それにしても、この人数は……」

集まった応募者たちを窓から見ながら、ルークが難しい顔をしている。

「ルーク？　どうかしましたか？」

「……いや、なんでもないよ。それよりそろそろ面接の時間だ」

「そうですね。では、始めましょう」

外に並んでいる応募者があまりに多いので、何回かに分けて面接をすることにして、三人を店の中に通す。さあ面接開始だ。

調合用の器具や素材を載せた長机を挟み、応募者たちと向かい合う。

「私がこの『緑の薬師』を経営するアリシアです。今日は来てくださってありがとうございます」

「「「よろしくお願いします！」」」

挨拶《あいさつ》をかわしつつ、ちらりとランドに視線を向ける。

どんな人間を雇うかはまだ決めていないけれど、悪人はアウトだ。ランドの能力でまずはそこをはっきりさせておきたい。

『大丈夫じゃな。悪人と言えるほどの者はおらん』

どうやら問題はなさそうだ。

それでは調合師としての実力を見せてもらおう。

「さっそくですが、調合の腕を見せてもらいます。ここに材料を用意したので、この場でヒールポーションを作ってみてください」

調合師としての実力を測るには、実際にポーションを作ってもらうのが一番だ。下処理の速さや丁寧さだけでなく、【調合】スキルの発動に必要となる魔力の量もおおよそわかる。

応募者たちは予想していたのか、特に戸惑うことなくヒールポーションを作っていく。

十分後、そこには完成した三つのヒールポーションがあった。

見たところどれもランクⅡ程度だけれど、調合の手際自体はかなりよかった。慣れない道具であることを考えれば、十分及第点だ。

彼らならどこの工房でも即戦力になれるだろう。あまりに人数が多かったのでどんな調合師が来たのかと思っていたけれど、これならすぐにでも雇ってしまいたいほどだ。

「どれもいい出来ですね。結果は数日以内に薬師ギルド経由でお伝えします。なにかご質問はありますか？」

質問を募《つの》るが、特に手は挙がらない。

それでは解散、と言いかけたところで、今まで黙っていたルークがこんなことを言い出した。

「ごめんアリシア、一ついいかな？　彼らに聞いておきたいことがあるんだ」

「別に構いませんが……なにか気になることでもあるんですか？」

「ちょっとね。さて君たち、質問なんだけど——」

ルークは応募者の三人に尋ねた。

「――君たちはどこの工房に依頼されてきたのかな？」

ルークの唐突《とうとつ》な言葉に私はぎょっとした。いきなりなにを言い出すんですか！

私が声を上げようとすると、ルークはそれに先んじて応募者の一人に質問を重ねる。

「じゃあ君に聞こうか。君は本当に自分の意志でここに来たのかい？」

「そ、それはもちろん……」

「本当に？　大丈夫、もしそうでなくても責めたりしないよ」

最初は否定していた応募者だったけれど、ルークの言葉を聞くうちにだんだん視線が泳ぐようになってきた。そしてしばらくして白状した。

「――すみません。実は自分はマルク工房の工房長に言われて来ました」

……え？

「お、俺はリーガル工房からです！」

「私も、調合の師匠に命令されて……」

次々に口を割る応募者たち。

「やっぱりか……さすがに集まった人数が多すぎると思ったんだ」

溜め息を吐くルークに私は思わず尋ねた。

「ど、どういうことですか……？　ルーク、説明してください！」

「簡単に言うと、彼らはスパイだ。君のポーションの調合レシピを盗むために、他の工房がうちに潜入させようとしてきたんだよ」

ルークが言うと、三人の応募者は気まずそうに目を逸《そ》らした。

その態度だけでルークの言葉が真実だとわかってしまう。

「俺にはポーションのことはよくわからないけど、アリシアのポーションにはいくつか他の店にはないものがある。それが目当てだろうね。ランドの能力で判別できなかったし、たぶん彼らは上に命令されて仕方なく来てるんじゃないかな」

確信しているように、ルークはそうはっきり告げた。

「……仮にそうだとして、こんなに簡単に白状するものですか？」

「ああ、それはスキルのお陰だよ。【交渉】スキルを使ったからね」

「そんなものまで持っていたんですか」

私は半ば呆《あき》れてしまった。

【交渉】スキルを使うと、会話での駆け引きが有利になる。相手の嘘を見抜いたり、隠し事を暴《あば》いたりすることも可能だ。

どうりで商談で相手を手玉に取れるわけだ。

ともかく、ルークの言っていることが本当なら、目の前の三人を雇うわけにはいかない。

「すみませんが、今日のところはお引き取りを」

「「「はい……」」」

しょんぼりと肩を落とす三人が店を出ていくのを見送り、私は遠い目をした。

店は繁盛しているけれど、まさかスパイを送り込まれるなんて。せっかくいい調合師を雇えると思っていたのに……

「まあまあ、まだ他にも応募者はいるわけだし」

「そうじゃぞアリシア。気落ちするのはまだ早かろう」

「ルーク、ランド……そうですね、まだ諦めるには早すぎますね」

二人に励まされて私は気を取り直した。そう、他の工房からのスパイなんてそうそういるはずがない！　最初の三人がたまたまそうだっただけだ。

残りの十数人の中に、きっとなにも企《たくら》んでいない調合師が一人くらいいるはず！

私は期待を込めて次の応募者たちを店の中に招き入れ——


「…………まさか全滅とは思いませんでした……」

すべての面接を終えた私は、カウンターに突っ伏した。

結局、今日集まった応募者は全員この街にある他の工房の手先だった。ルークが【交渉】スキルで確認したから間違いない。

面接を終えたあと、私たちは即座に薬師ギルドに向かい、スパイを送り込もうとしてきた工房にギルド経由で苦情を入れてきた。

これでもうどこかの工房の息がかかった人間がやってくることはないだろう。

今後の心配がなくなるのはいいけれど、なんだかすごく疲れてしまった。

しかも結局新しい調合師は雇えていない。

「冷静に考えたら、この街でフリーの調合師なんてそうそういないよね」

「この街には工房が多いからのう。無所属の調合師は引っ張りだこというわけじゃな」

店に戻り、ルークとランドが納得した様子で話している。

そういえばアーロン工房の前工房長が、個人の調合師はこの街でやっていけない、というようなことを言っていた。確かにこれだけ工房が乱立している状況では、新たな店を構える人より、すでにある工房に就職する人のほうが多いだろう。

「これからどうしましょうか……」

「まあ、裏のない調合師が来てくれるのを待つしかないんじゃない？」

ルークの言葉に私はぐぬぬと唸《うな》る。信用できる調合師を見つけるまでに、一体どれくらい時間がかかることだろう。

――すると、不意に店の扉が開いた。

お客でしょうか？　閉店の看板は立てていたはずなんですが。

「すみません、今日は臨時休業で――」

そう言いかけて私は思わず固まった。

扉を開けて入ってきたのは、見覚えのあるドレスに、髪を巻いた華やかな出で立ちの若い女性。

「……え、エリカ？」

「久しぶりね、アリシア」

本来ここにいるはずのない私の友人は、そう言って軽く笑った。

▽

面接会場だった店の後片付けをルークたちに頼み、私はエリカを応接室に案内した。

エリカは感心したように言う。

「ずいぶん立派な屋敷じゃない。よく手に入ったわね」

「幽霊が出るというので、ポーションで退治して安く売ってもらったんです」

「……なんていうか、あんたらしいわ」

私が淹《い》れた紅茶を優雅な所作で一口飲み、エリカは「さて」と切り出した。

「とりあえず、お互いの近況報告でもしましょうか」

「わかりました」

私もエリカがどうしてここにいるのか気になっているので、その提案には賛成だ。

私はトリッドの街に来てからの出来事をエリカに話した。

話を聞き終えたエリカは、頭痛を耐えるようにこめかみを押さえた。

「……財布スられてフォレス大森林に一人で入って調合して、泉の精霊と仲よくなって、幽霊退治して屋敷を手に入れて、出店許可証をとるために解毒ポーションを大量に作って、最終的には盗賊団に誘拐された？　あんたどれだけトラブルに見舞われるのよ……」

冷静に思い返してみると、プロミアス領を追い出されてからの私の人生は波乱万丈なんてレベルではないのかもしれない。

「だからスキルは隠せって言ったのに」

「……返す言葉もありません」

エリカに従わなかったために危険な目に遭《あ》ったようなものだ。呆《あき》れられても仕方ない。

「ま、こうして無事ならいいけどね。しかもきっちり店まで開いて。正直言って驚いたわ」

応接室を見回しながらエリカはそう言った。

エリカが褒《ほ》めるのは貴重だ。ここは素直に喜んでおこう。

さて、今度は私が聞く番だ。

「エリカのほうはどういった経緯でこの街に？」

「プロミアス領が危険になってきたから、この街に拠点を移すことにしたのよ」

エリカの端的な言葉に私は視線を落とした。

予想はしていたけれど、やはりそうなりましたか。

「……魔物が増えたんですか？」

「ええ。ま、当然よね――プロミアス領を守っていた魔物除けは全部あんた一人が作ってたのに、そのあんたがいなくなったんだから」

プロミアス領はここ数年魔物による被害が少なかった。それは私自らが魔物除けを調合し、領内に行き渡らせていたからだ。よって私がいなくなれば、プロミアス領内で使われる魔物除けの流通は完全にストップする。

私が一人で魔物除けを量産している、なんて非効率的だと思われるかもしれないけれど、これには理由がある。

というのも、プロミアス領ではポーションに対して予算が下りないのだ。

大のポーション嫌いであるお父様が領主を務めているので、魔物除けを製造するための資金援助はありえない。そしてお金が発生しないのにポーションを作る調合師はいない。

だから、私は独力でプロミアス領を守るのに必要なだけの魔物除けを製造していた。一本一本作っていては消費に追いつかないけれど、ＥＸランクのものを作って薄めるやり方ならなんとかなる。

もちろん素材の調達や魔物除けの運送などは私一人ではできないので、新ポーションの調合レシピと引き換えにスカーレル商会の力を借りていた。

そこまで手を尽くして、プロミアス領はどうにか平和を保っていたのだ。

「……プロミアス領は立て直せるでしょうか」

「無理でしょうね。今のところまともな対策は打ててないようだし」

「お父様はなにもしていないんですか？」

「『この俺自らが鍛《きた》え上げた兵士がいれば、魔物なんてどうにでもなる』みたいなことを言ってたわね」

「お父様……」

私はがっくりと肩を落とした。

すでに魔物除けの話はお父様に伝わっているだろうに、それを信じていないのだ。これでは本当にプロミアス領は元の危険な土地に逆戻りしてしまう。

エリカがプロミアス領からこのシアン領に移ってきたのも当然といえるだろう。

エリカは肩をすくめて言った。

「まあ、あんたが気にすることじゃないわ。あんたを追放した以上、あの人が責任取ってなんとかすべきよ」

「は、はい……」

そう言われても簡単には割り切れない。そんな私を見かねてか、エリカは強引に話題を変える。

「近況報告はそのくらいにして、アリシア。あんた顔色悪いわよ。ちゃんと寝てる？」

「え？　いえ、最近はあまり……店を開いたはいいのですが、商品の調合が間に合わなくて」

私が言うと、エリカは考え込むように頰《ほお》に手を当てた。

「……つまり調合師が足りてないってことね？」

「簡単に言えばそうなります」

エリカがにやりと笑う。

「それじゃ、いい提案があるわ。うちの調合師、一人貸してあげる」

「本当ですか⁉」

「ええ」

エリカの部下であるスカーレル商会の調合師たちとは、プロミアス領にいた頃一緒に仕事をしていた。彼らなら実力も人柄も信用できる。

なにより彼らは私の開発したポーションの調合レシピをある程度知っている。

レシピ流出のリスクは限りなく低い。

「ありがたくその話を受けさせてもらいます。では、報酬《ほうしゅう》の話をしても構いませんか？」

「いいわよ。……あのアリシアが商談なんて……あ、なんか涙出てきたわ」

「……」

子供の成長でも見守るようなエリカの仕草は、ちょっと心外だ。

ともかく、私たちはスカーレル商会から派遣される調合師の扱いについて、そのあとしばらく話し合うのだった。

……それにしても、誰が来てくれるんでしょう？

▽

翌日の朝、エリカがその人物を連れてきた。

「紹介するわ。うちで雇ってる調合師のレンよ」

「……子供？」

　立ち会っているルークとランドが、目を丸くした。

　エリカが連れてきたのは黒髪の少年だ。鋭い瞳が特徴的で、顔立ちは幼いながらも整っている。身長はルークの胸あたりまでしかなく、年齢は確か十二歳――というのは、二人は知らないことではあるけれど。

「レン！　うちに来てくれるのはレンだったんですね！」

　私は思わず歓声を上げた。

　レンは年齢こそ若いものの頭がよく、優秀な調合師だ。レベルⅢの【調合】スキルを所持しているため調合作業も任せられる。

　以前プロミアス領にいたとき、スカーレル商会の工房でよく一緒に仕事をしていた。

　願ってもない人材と言えるだろう。

　私は素直に喜んだわけだけれど――

「……フン」

　レンは私に一瞬だけ目を向けると、すぐ不機嫌そうに視線を逸《そ》らしてしまった。

　……あれ？

　今、露骨に睨《にら》まれたような……

「レンだ。うちのボスの命令で、今日からここで働かせてもらう。よろしく頼む」

「俺はルーク。よろしくね」

「ランドじゃ」

「亀が喋《しゃべ》ってる……精霊がいるってのホントだったんだな」

ランドが喋《しゃべ》っているのを見て、レンが感心するように言った。

昨日、エリカにルークやランドのことを紹介してあった。レンはエリカから二人について情報を聞いていたようだ。

私もルークたちに続いて歓迎の言葉をかける。

「お久しぶりです、レン。また一緒に働けて嬉しいです。ぜひ力を貸してください」

しかしレンから返ってきたのは冷ややかな視線だった。

「悪いけど、馴れ合うつもりはない。仕事はやるけど、あんまり話しかけてくるなよ」

「……!? れ、レン?」

かけられた言葉に私は酷《ひど》く動揺した。

プロミアス領にいた頃にレンとはよく話していたけれど、少なくとも嫌われてはいなかったはず。

それなのにどういうことだろう。

「ど、どうしたんですか、レン。怒っているんですか? 私がなにか変なことをしたとか……?」

「……さあな」

「やっぱりそうなんですか!? わ、私はなにをしたんですか!?」

慌てて尋ねるが、レンは鬱陶しそうに視線を逸《そ》らすだけ。

困り果てた私はエリカを見るも、肩をすくめるばかりでなにも言ってくれない。

おろおろする私を見かねてか、ルークがこう提案した。

「まあ、こうしてても仕方ないし、レン君を工房に案内したら？」

「そ、それもそうですね」

不安な気持ちを抱えたまま、私はレンを工房に案内するのだった。


工房に着くまでの間、ランドが念話で私に尋ねてきた。

『アリシアよ。あのレンという子供との間になにかあったのか？』

『わ、私が聞きたいくらいです』

『昔はあんな感じじゃなかったの？』

同じく念話に参加しているルークに答える。

『プロミアス領にいた頃は、むしろ仲がよかったと思います。スカーレル商会の工房で一緒に調合をしていましたし、私が研究に没頭していると気遣ってお茶を届けてくれることもありました』

レンは昔から不愛想《ぶあいそう》ではあったけれど、なんだかんだ優しかった。気配り上手な彼は、研究を始めると自己のケアがおろそかになる私をよく気にかけてくれていたのだ。

それがなぜあんなことに……

『ふむ。聞いた限りでは仲がよさそうじゃが』

『だねえ。なにか理由があるのかもね』

そんなことを話している間に工房に着いた。魔力紋によって扉を開け、工房の中へ。

「……広いな」

「そうね。個人で使うには広すぎるくらいじゃない？」

レンと、付き添いで同行しているエリカが口々に呟《つぶや》いた。

そんな二人に一通り設備を見せていく。

中でも驚かれたのが魔力式自動昇降機と地下畑で、「うちの工房にも取り入れようかしら……」とエリカが真剣に考え込んでいた。

工房の中を見学し終えたところで、ルークが思い出したように言う。

「そろそろ店を開ける準備をしないとだね」

「そうじゃな。儂《わし》も行こう」

もう店を開ける時間が迫ってきていた。ルークは開店準備があるので、工房を出なくてはいけない。

ちなみにランドも店担当だ。

私が用意したメモを参考に客の質問に答えたり、万引きされないよう目を光らせたりと手伝ってくれている。マスコット扱いで、客からの人気もひそかに高かったりする。

そういうわけで、ルークとランドは店に戻る必要がある。

「あたしもそろそろ戻るわね。支部を移転させる手続きがまだ残ってるし」

エリカも帰ってしまうらしい。

つまり、工房には私とレンの二人きりということになる。

ちらりとレンに視線を送ると、相変わらず不機嫌そうだ。こんな状態のレンと二人になるのは気まずい。

「アリシアは商品の補充をよろしくね。ついでにレン君に調合道具の細かい場所とか教えてあげるといいんじゃないかな」

「そ、そうですね。レンもそれで構いませんか？」

「……ああ。仕事はきちんとやるって言ったからな」

レンは仏頂面のまま頷《うなず》いた。

「それならよかった。それじゃああとは二人でよろしくね」

「店番は任せるがよい」

「それじゃ今日はこれで。また来るわね」

そんなやり取りを最後にルーク、ランド、エリカの三人は工房から去っていった。

残された私は隣のレンに話しかける。

「そ、それじゃあ始めましょう」

「ふん」

また不機嫌そうに鼻を鳴らすと、さっさと調合用の作業台まで歩いていってしまった。

……本当に大丈夫なんでしょうか、この状況。

「……」

「……」

レンと二人で調合を進めていく。

スカーレル商会の工房でよく一緒に作業をしていたので、なんだかんだ連携して作業はできるけれど……やっぱり気まずい。

そもそもなぜレンは怒っているんでしょうか。

やはり強引にでも聞いてみたほうが……いやいや、そうやって余計に気まずくなったら目も当てられない。

「……おれのことチラチラ見てないで手を動かせよ」

「わ、わかっています」

やめておこう。答えてくれる気がしない。

結局私が気付くしかないようだ。

私は調合を続けながら考えて——そしてやがて一つのことに思い当たった。

「もしかして、私がプロミアス領を出ていくときに、レンに挨拶《あいさつ》しなかったことを怒っているんですか？」

「あ？」

「ひっ」

ぎろりと睨《にら》まれて私は身をすくませた。

しかしそれ以外に考えられない。プロミアス領を出るとき、私はエリカには会いに行ったものの、レンをはじめ、スカーレル商会の調合師たちには顔を見せなかった。

レンが不機嫌な理由なんてそれしか思いつかない。

そう思ったけれど、レンは鋭い目をさらに吊り上げた。

「今さらお前が挨拶《あいさつ》をすっぽかしたくらいで怒るわけねーだろ。お前、新しいポーションを思いつくたびにウチの仕事そっちのけで屋敷の研究室にこもってたじゃねーか。誰がその分の調合作業を引き受けたと思ってんだ？」

「……そ、その節はすみませんでした……」

呆《あき》れたような視線が痛い。確かにそんなこともあったような気がする。

レンは溜め息を吐いた。

「……おれが怒ってるのは、お前がおれたちに相談しなかったからだ」

「相談しなかったから？　スカーレル商会の調合師たちにですか？」

「そうだよ。つーか、屋敷を追い出されたなら顔くらい見せろよ。父親に縁切られて、研究室まで燃やされて……心配するに決まってんだろ」

私は目を見開いた。

レンの言葉は私を攻撃するものではなく、むしろ私を気遣う響きが含まれていた。

「お前にとっちゃ単なる仕事仲間に過ぎねーだろうけど、おれたちにとっちゃお前は家族みてーなもんだ。それなのに相談もせずに一人で決めていなくなられたんじゃ、がっかりするだろ。おれたちはお前にとって大した存在じゃねーのかって」

「そんなことはありません！」

スカーレル商会の調合師たちは、私にとって大切な存在だ。彼らの働く工房は、まるで自分の本当の居場所であるように居心地がよかった。

父親に疎《うと》まれていた私だけでなく、レンにとってもおそらくそうだ。

レンはスカーレル商会に雇われるまで、タチの悪い院長が経営する孤児院で暮らしていたらしい。食事を与えられないことも、暴力を受けることもあったという。

しかしエリカに調合の腕を買われてスカウトされ、調合師として存在を認められた。

だからこそ、レンは私を含む一緒に仕事をする調合師たちを大切に思ってくれていて――私が一言も声をかけずに領地を出たことに、大きなショックを受けたんだろう。

「……すみません。あのときの私には余裕がありませんでした。けれど、心配してくれて嬉しいです」

私が素直に気持ちを告げると、レンは視線を逸《そ》らしてぼそぼそと言った。

「おれのほうこそ……その、悪かった。アリシアに悪気がないことはわかってたのに、突っかかったりして」

「もう怒ってないですか？」

「ああ」

「そうですか！」

それはよかった。胸のつかえが取れた気分だ。

これで心置きなく調合作業に専念できる。

私はレンに尋ねた。

「レン、これから週に何日くらい来てくれるんですか？」

「特に指定がなければ毎日来るつもりだけど……そんなに仕事が切羽詰《せっぱ》まってるのか？」

「それもありますが、レンは頼りになりますから。できるだけ一緒にいてほしいです」

レンは私の言葉に怯《ひる》んだような顔をしたあと、やや顔を赤くして視線を外した。

「うるせーな、お世辞《せじ》はいいっつーの」

「お世辞《せじ》じゃないですよ。本当にそう思っています。レンが来てくれてよかったです」

「ああもう、いいから仕事しろっ！」

噛《か》みつくようにレンはそう言い、ザクザクザクッ！　とナイフでの素材の下処理を加速させた。

ああ、なんだか懐かしい。そういえばプロミアス領にいた頃もこんな雰囲気だった。

私は店を開いて以来初めてとなる調合の共同作業に、感慨深くなるのだった。

▽

レンが来たことで店の営業は格段に安定した。

【調合】スキル持ちが二人になったことで商品を作るスピードは二倍になり、一人は調合を続けながらもう一人が店に出て商品の説明をすることもできる。

レンを寄越してくれたエリカに感謝しなくては。

「……美味いな」

「ありがとう。そう言ってもらえると作った甲斐があるよ」

屋敷の食卓にはルークが作った料理が並んでいる。

部屋が余っているので、ルーク同様、レンにも住み込みで働いてもらっている。よって自然と食事はみんなで一緒に取ることになっている。

ふと気になったので聞いてみる。

「今さらですが、ルークはどうやって料理を覚えたんですか？」

「うーん……必要に迫られて、って感じかな」

「必要に迫られて？」

「剣の師匠との交換条件でね。『剣を教えてやる代わりに身の回りのこと全部やれ』って言われて、それで必死に練習したんだよ」

あ、ルークが遠い目をしている。

ルークが持っている【剣術V】というスキルは、スキルレベルの高さゆえに強力ではあるけれど、効果自体は「剣を持ったときに身体能力や動体視力が上がる」というものに過ぎない。剣を扱う技術は修業して自分で身につけなくてはならないのだ。

「ちなみにどんな師匠だったんですか？」

「クズだね」

「教わった相手にその言い方はどうかと」

「酒と金と女に目がなくて、暇があれば賭博場《とばくじょう》に入り浸ってるような男でも？」

「……すみません。私が間違っていました」

これは否定できそうにない。

「まあ、剣に関してはすごかったけどね。あの人元気かなあ」

懐かしむようにルークが呟《つぶや》いた。

そんなやり取りをしていると、レンがふと口を開いた。

「なあアリシア。気になってたんだけど、この店って店で売る以外のことはしないのか？」

「というと？」

「いや、普通こういう店ってでかい取引先の一つでも持っとくもんだろ。ポーションなんて毎日使うようなものでもないし、今は売れててもそのうち客足が鈍《にぶ》るぞ」

……確かに。

ポーションは基本的には医療品だ。

冒険者を除けば「万が一の備え」という意味合いが強く、一人の客がいくつも買うようなものではない。

冒険者にしたってギルドに行けばポーションを買えるわけだし、安定的な顧客とは言いにくい。

うちには魔物除けがあるので客も確保できる予定だったけれど、スカーレル商会がこの街に拠点を構えたからには油断できない。

なにしろレンを含めたスカーレル商会の調合師たちは、魔物除けの調合レシピを知っているのだ。ポーションの質で負けるつもりはないけれど、知名度の高さによる信頼や、販売戦略なんかではかなわない。魔物除け目当てのお客のうち、かなりの数がスカーレル商会に流れることだろう。

エリカは私の友人だけれど、こと商売において彼女が私情を挟むことはない。下手をすればせっかくついたお客を根こそぎ奪い取られるなんてことも……

「……れ、レン、どうすればいいと思いますか？」

「考えてなかったのかよ！　ったく……地道に営業かけるしかないんじゃないか？」

「営業……」

うーん、ポーションを誰かに売り込む自分があまり想像できない。けれど必要なことだというのはよくわかる。

店を経営すると、こういう悩みも解決していかなくてはならないんですね……


さて、そんな話をしていたからだろうか。

いつものように仕事をしていると、私たちの元に一人の客人が訪ねてきた。

「あなたが調合師のアリシア様ですか？」

「そうですが……あなたは？」

私の目の前にいるのは、燕尾服《えんびふく》を身にまとった物腰柔らかな老人だ。どこかの貴族の使用人に見えるその人物は、私にこう告げた。

「我が主、シアン領領主のギルバート様より言付《ことづ》けを預かっております。——あなたの調合の腕を見込んで、どうしても依頼したいことがあると」

第三章

「このたびはよくぞ我が申し出を受けてくださいました、アリシア殿」

石造りの立派な屋敷で、初老の男性がそう言って私たちを出迎えた。

トリッドの街を含むシアン領の統治者、ギルバート・シアン。

それが私の前に立つ人物の名前だ。

ふくよかな体形で、人のよさそうな顔立ちをしているけれど、その顔はどこかやつれているように見える。

「お初にお目にかかります、ギルバート様。調合師のアリシアです。……さっそくですが、ご息女はどちらに？」

「屋敷の中におります。どうか……どうか娘を助けてください……！」

ギルバート様は私の手を取り、涙ながらにそう言うのだった。

さて、ことの経緯を説明しよう。

数日前、私たちの元を訪ねてきた一人の老人。シアン領主の執事と名乗ったその人物は、シアン領主ギルバート様が抱える悩みについて語った。彼いわく、ギルバート様は謎の病にかかった大切な一人娘のため、治療する手立てを探しているというのだ。

ギルバート様は、令嬢の治療のためにすでにあらゆる手を尽くしていた。

高名な治療魔術師。高額のお布施を払わねば動かない神官。

しかし誰も令嬢の病気を治すことはできなかった。

そんな中、ギルバート様の元にとある情報誌が舞い込んでくる。

……そう、「メアリー特報」である。

そこに書かれた「緑の薬師」の記事を見たギルバート様は、藁《わら》にもすがる思いで私に使いを寄越した。

病気の娘をトリッドの街まで運ぶことができないため、屋敷まで来てほしい、と。

そんな話を聞いて、断るわけにもいかない。

報酬《ほうしゅう》も弾むという話だし、ひとまず患者である令嬢の様子を見てから判断すると返事をし、日を改めてシアン領内の別の街にある領主の屋敷までやってきたのである。

屋敷の広い廊下を先導しながら、ギルバート様は尋ねてきた。

「今日はアリシア殿お一人で来られたのですか？」

「いえ、この鞄《かばん》の中にもう一人います。……ランド、挨拶《あいさつ》してください」

「はじめましてじゃな、ギルバートとやら。儂《わし》は精霊のランドじゃ」

「せ、精霊……!? 『メアリー特報』に書かれてはいましたが、本当に精霊を連れているなんて……

やはりただものではありませんね」

鞄《かばん》の中から頭と前脚を出して挨拶《あいさつ》するランドに、ギルバート様はそんな感想を呟《つぶや》いた。

そう、今日はランドに同行してもらっている。

ルークとレンはトリッドの街に残って店番だ。

調合師のレンはともかく、ルークではなくランドについてきてもらったのは、魔力水が必要になる可能性があるからだ。ポーションを作ることになる場合があるので、ランドがいてくれたほうがいい。

屋敷の中をしばらく移動したあと、ギルバート様はある部屋の前で足を止めた。

「……ここです」

ギルバート様はどこか緊張したような声色で告げる。

「入っても構いませんか？」

「もちろんです。しかし、危険を感じたらすぐに逃げてください」

「わかりました」

扉を開けて一歩足を踏み入れる。

すると——ビュオッ！　と私の鼻先をなにかが掠《かす》めた。

「グルルァアアアアアアアアッ！」

部屋の中にいた「それ」は、私を見て獣のように咆哮《ほうこう》を上げる。

それは少女のような姿をしたなにかだった。身長は低く、まだ子供であることがわかる。本来は美しいのであろう金髪はぼさぼさに乱れ、目は暗い部屋の中でもわかるほど爛々《らんらん》と輝《かがや》いている。

さっき私の鼻先を掠《かす》めたのは彼女の鋭い爪だろう。

迂闊《うかつ》に進んでいたらどうなっていたかを想像して、背筋を冷や汗が流れる。

よく見ると部屋の中はズタズタだった。窓を覆《おお》うカーテンはあちこち引き裂かれ、絨毯《じゅうたん》は獣が爪とぎでもしたように千切《ちぎ》れている。それらはすべてあの少女がやったのだろう。

彼女こそ、病に侵《おか》されているというギルバート様の娘、ブリジット様だ。

ギルバート様は私をかばうように前に進み出た。

「ブリジット！　落ち着きなさい！　私のことがわからないのか!?」

「グルアアアアアアアアッ！」

「落ち着きなさい！　ブリジット、大人しくするんだ！」

「グルゥウウウウウウ……ギャンッ！」

実の父親であるギルバート様にも襲い掛かろうとしたブリジット様は、彼の目前で苦しげに呻《うめ》いた。ブリジット様の首には鎖《くさり》が巻き付けてあり、その端は部屋の奥にある柱にくくりつけられている。そのため、彼女は一定の距離までしかこちらに近寄れないのだ。

あれがブリジット様の病気。

それまで普通だった少女が、ある日突然獣のように誰彼構わず襲い掛かるようになる。攻撃的になっただけでなく、人の言葉も忘れ、爪が伸び牙が生え、力も異様に強くなったらしい。

目の前の光景を見る限り、聞いていた話の通りだ。

ランドが唖然《あぜん》とした様子で尋ねてきた。

「……のう、アリシアよ。あれはどうなっておるんじゃ？　まるで獣ではないか」

「そうですね……まだなんとも言えませんが……」

私は部屋の中の臭いを嗅《か》ぐ。

まるで獣のような異臭が漂《ただよ》ってきた。明らかに人間とは違うものだ。

ふむ、これは……

「アリシア、なにかわかったのか？」

「そうですね。この状態に一つだけ心当たりがあります。……ギルバート様、一度戻りましょう」

「わ、わかりました」

一度ブリジット様の部屋から離れる。

ギルバート様は悲痛な面持ちで言った。

「……ブリジットは心優しく、愛らしい少女でした。ですがどうしてかあんなことに……！」

ギルバート様の様子からすると、ブリジット様を溺愛《できあい》していたんだろう。

いい父親だと思う。

だからこそ、ブリジット様を元の彼女に戻してあげたい。

「ギルバート様。一つ伺いたいのですが、ブリジット様は魔術が得意でいらっしゃいましたか？」

「え、ええ。【風魔術Ⅳ】のスキルを持っていますが……それがなにか？」

やっぱりだ。

私はギルバート様に告げた。

「ブリジット様の病気はおそらく、『魔物憑《つ》き』と呼ばれるものです」

▽

魔物憑《つ》き。

それは世界中を探しても珍しい、「人間と魔物の魂が混ざってしまう」病だ。

「ブリジット様はあのようになってしまう前、なにか魔物と戦いませんでしたか？」

案内された応接室で向き合いながら、私はギルバート様に尋ねる。

ギルバート様は私の質問の意図がわからないようで、戸惑いながら頷《うなず》く。

「は、はい。森に出かけていたところ、偶然グレイウルフという狼型の魔物に遭遇し、討伐しています」

やっぱりそうだ。私は自分の予想が正しかったと確信した。

「おそらく現在、そのグレイウルフの魂がブリジット様の中にあります。それがブリジット様の魂を制御し、暴れているのです」

「魔物の魂がブリジットの中に……!?　そんなことがあるのですか!?」

「はい」

呆然とするギルバート様に私は頷《うなず》く。

魔物は死ぬと肉体だけが残り、魂は魔力へと変換されて霧散《むさん》する。

普通ならなにも起こらない。

しかしその場に魔術に秀でた者がいた場合は、話が変わってくる。そういう人間は空気に含まれている魔力を取り込みやすいため、魔力に変換されたばかりの魔物の魂を吸収してしまうことがあるのだ。

これはよほど魔術が得意でないと起こり得ないとされている。この症状が出ているということは、それだけブリジット様の魔術の才能が素晴らしいということだろう。

「アリシアよ。その見立てになにか根拠があるのか?」

尋ねてくるランドに私は頷《うなず》きを返す。

「ブリジット様の部屋に入ったとき、獣のような独特の臭いがしました。あれはブリジット様の中にあるグレイウルフの魂が、肉体に影響を及ぼしているせいでしょう」

魔物憑《つ》きの特徴として、体内に潜り込んだ魔物の魂が肉体を変質させる、というものがある。ブリジット様を見た限り、爪や牙など、明らかに魔物化の兆候が見られた。

「名のある魔術師や、教会の大神官でもブリジットの病気がわからないと言っていたのに、こんなにあっさりと気付くとは……！　なんて素晴らしい！　やはりあなたにお願いして正解でした！」

ギルバート様が感激したように立ち上がり、私の手をとってぶんぶん振ってくる。

「あ、ありがとうございます」

「本当に嬉しい……！　これでようやく光明が見えました！　ああ、なんとお礼を申し上げていいか！」

「お、落ち着いてください！　まだ治療ができたわけではありません。ブリジット様を治すには特殊な材料を用いるポーションが必要です」

私の言葉にギルバート様は表情を引き締め、頷《うなず》いた。

「わかっています。どのような材料でも必ず揃《そろ》えてみせます。ですからなにとぞ、ブリジットを治してやってください！」

その表情は真剣そのもので、私は思わず言葉に詰まった。

――ポーション作りなど時間の無駄だ。

――女が職人の真似事など、馬鹿馬鹿しい。

――お前のような恥さらしは我がプロミアス家に必要ない。

私がかつて父に言われた言葉が脳裏をよぎる。

……同じ父親で、領主という立場で、ここまで違うものですか。

「……アリシア殿？」

急に黙った私を見て、ギルバート様が不安そうな顔をする。

私はハッとして、慌てて取り繕った。

「な、なんでもありません。必要なポーションの材料ですが――」

私がいくつか材料を伝えると、すぐにギルバート様は部下を呼んでその調達を命じた。

その姿からは、娘のブリジット様を心から案じている様子が見て取れる。

父が娘を心配し、守ろうとする。そんな関係が羨ましいと思うと同時に、報われてほしいと思った。

ブリジット様が元気になり、ギルバート様の心配が晴れるよう頑張ろう。

▽

ギルバート様は領主としてあらゆる手段を使ったようで、その日の夕方には調合の素材はすべて用意された。

ライトリーフ、ヨラズ草、そしてサンライトフラワーの花弁。

稀少な素材も含まれるこれらが半日足らずで揃《そろ》うのは、それだけギルバート様が必死だからだろう。その想いに応えるべく、私はさっそく作業に取り掛かることにした。

「では、調合を始めます」

「よろしくお願いします……！」

場所は変わらず応接室で、ギルバート様が見守る中での作業である。初めに素材の処理だ。

まずは持参したアダマンタイト製のすり鉢とすりこぎを使い、ヨラズ草を丁寧にすり潰していく。

ごりごりごりごり……

ペースト状になるまですり潰せばヨラズ草の処理は終了。ランドに作ってもらった魔力水の満ちるガラス瓶に、すり鉢の中身を流し込む。

続いてライトリーフ。

聖なる魔力を溜め込むこの素材は、お酒——特に蒸留酒に浸すことで作用を強めることができる。余計な成分をお酒に移し、聖なる魔力をより凝縮させて葉に残すのだ。私は数分蒸留酒に浸したライトリーフを取り出し、綺麗な水で軽く洗ってから、ガラス瓶の中に沈めた。

ちゃぽんっ。

最後にサンライトフラワーだ。

太陽の光を浴びて内部に膨大《ぼうだい》な浄化の力を蓄えるこの花は、そのままでは素材として使えない。外部から魔力を流し込み、花びらの中にある貯蔵庫をこじ開ける必要がある。

「少し眩《まぶ》しいかもしれませんので、気をつけてください」

「は、はい」

ギルバート様にそう伝えてから、サンライトフラワーの花弁に魔力を込める。

キインッ――パアアアアアッ。

「うわあああああっ⁉」

「目がっ、目があああああ！」

サンライトフラワーから凶悪なまでの閃光が放たれる。ギルバート様とランドは目を押さえてその場でのたうち回る。

「だ、大丈夫ですか⁉　だから気をつけてと言ったのに！」

「す、すみませんアリシア殿。どうしても調合の過程が気になってしまい……！」

苦しみながらも申し訳なさそうに言うギルバート様。気持ちはわかるのであまり強く言えない。

「というかお主はなぜ平然としておるんじゃ……」

「このくらいで動じていたら調合師なんて務まらないですよ？」

「絶対お主だけじゃろ」

ランドが呆《あき》れたような視線を向けてくる。

ともあれこれで下処理は完了だ。魔力を放出して輝《かがや》くサンライトフラワーの花弁をガラス瓶に入れ、手をかざす。

「【調合】！」

『退魔ポーションV』：邪悪なものを祓《はら》うポーション。とても高い効能。


よし、品質も問題なさそうだ。

「これをブリジット様に飲ませれば、元に戻るはずです」

「――ッ、ありがとうございます！　さっそく娘に飲ませる準備を整えます！」

ギルバート様はそう言い、勢いよく立ち上がった。


『ガルァアアアアアアアアッ！』

場所は再びブリジット様の部屋。

ブリジット様は相変わらず暴れているけれど、今はギルバート様の部下たちの手によって手枷《てかせ》、足枷《あしかせ》をつけられ、身動きが取れなくなっている。

乱暴ではあるけれど、ポーションを飲ませるためにはこうするしかない。

「これを飲ませれば、本当にブリジットは元に戻るのですね？」

退魔ポーションを手に持ったまま、ギルバート様が不安そうに尋ねてくる。

私は頷《うなず》いた。

「そうです。ただし、治療にはもう一つ条件があります」

「条件……？」

「現在ブリジット様の魂はグレイウルフの魂に取り憑《つ》かれています。それを引き剥がすには、ブリジット様自身が『自分はブリジット・シアンだ』という自覚を強く持たなくてはなりません」

「どうすればいいのですか？」

「声をかけ続けてください。ギルバート様の持つブリジット様への気持ちや思い出など、ブリジット様に関することであればなんでも構いません」

病人への声かけというのは、無意味に思えてその実大きな効果がある。

今回のようなケースは特にそうだ。退魔ポーションに関する論文には、患者に声をかけることでポーションの効き目が激増したと書かれていた。

「ただ、いくら拘束されているとはいえ、今のブリジット様のそばに留まるのは危険です。もし難しければ――」

「いえ、やりましょう。それで娘が戻ってくるなら危険などどういうことはありません」

ギルバート様は即答してのけた。その瞳には強い意志が宿っている。

「……わかりました。そうしてくださると助かります」

「はい」

ギルバート様は緊張した面持ちでポーションを携え、部屋の奥へと進んでいく。

「ブリジット、今元に戻してやるぞ……！」

拘束されたブリジット様の口元にポーション瓶を添え、ギルバート様はその中身を一気に流し込んだ。

『ギャアアアアアアアアアアアッ！』

途端にブリジット様が絶叫した。

苦痛からか鎖《くさり》を軋《きし》ませて体をよじる。

そんなブリジット様をギルバート様は強く抱き締めた。ブリジット様が鋭い牙でギルバート様の肩を噛《か》むけれど、それでも手は放さない。

「ブリジット、思い出すんだ！　お前は私の大切な一人娘で、ゆくゆくはこの領地を治める誇り高い淑女！　魔術が得意で、心優しく、領民に愛されていた……！」

『アアアアアアアアッ！』

「海沿いの街に出かけたとき、砂浜で拾った貝殻で首飾りを作ってくれただろう。拙《つたな》い出来ではあったが、あれは私の一番の宝物だ。何年も経った今でも大切に取ってある」

『グルゥウウウ……ァあああ』

「どうか戻ってきてくれ、ブリジット。私にはお前が必要だ。また一緒に食事をしたい。お前の話を聞きたいし、笑顔が見たい。だからどうか、戻ってきてくれ」

『────……』

ギルバート様が懸命に声をかけ続けていると、やがてブリジット様の体から力が抜けていき──

「むっ、アリシア、ブリジットの体からなにか出たぞ！」

「ええ！　あれがグレイウルフの魂です！」

気絶したように倒れ込んだブリジット様の体から、なにかが煙のように噴き出した。分離したグレイウルフの魂だ。行き場を求めて漂《ただよ》うそれに、私はライトリーフで作った除霊ポーションをぶちまけた。

『——ギャアアアアアアアアア！』

除霊ポーションを受けたグレイウルフは断末魔の叫びを上げ、今度こそ消滅した。

視線をブリジット様に戻すと、彼女の外見がさっきまでとは明らかに違うことがわかる。顔色は悪いものの、すうすうと寝息を立てる表情は穏やかで、鋭い爪や牙などは元の形に戻っている。

「ギルバート様、ブリジット様の容態はどうですか？」

念のため、気絶したブリジット様を抱き締めているギルバート様に確認する。

ギルバート様は涙を流しながら、こちらを振り返って言った。

「治っております……ここにいるのは間違いなくブリジットです。ああ、アリシア殿、なんとお礼を申し上げたらいいか……！　ありがとうございます、ありがとうございます……！」

泣きながら何度も何度もお礼を言ってくる。

実の父親であるギルバート様が言うのなら間違いないだろう。ブリジット様の症状は消え去ったのだ。

「治った……ブリジットが治ったぞぉおおおおおおおお！」

ギルバート様が拳《こぶし》を突き上げて叫ぶと、廊下から地響きのような音がし始める。

「「——本当ですか!?」」

門番、執事、メイドなど屋敷の中にいる人員のほとんどがやってきた。全員がブリジット様を見て目を見開き、中にはすでに半泣きの者までいる。

どうやらこの屋敷の人間は、ポーションが効くかどうか様子を窺《うかが》っていたらしい。それだけブリジット様が愛されている証拠だろう。

「ああ、本当だ！　もう大丈夫だ！　すべてアリシア殿のお陰だ！　みなも感謝を捧げるのだ！」

「「「うおおおっ、アリシア様万歳！　アリシア様万歳！　アリシア様万歳！」」」

部屋の中に集まった屋敷の人間たちが歓声を上げ始める。

こ、これはすごいことになってきた……！

困惑する私をよそに屋敷の人間たちは盛り上がりを見せ、急遽盛大な祝宴が催《もよお》されるに至るのだった。

▽

「はじめまして、ブリジット・シアンと申します。私の病気を治してくださったこと、心より感謝いたしますわ」

ブリジット様が魔物憑《つ》きから解放された翌日、シアン家の一室で私はブリジット様から挨拶《あいさつ》を受けていた。

昨日とは打って変わっていかにも貴族令嬢、という気品ある振る舞いを披露してくれる。ふわふわの金髪に水晶のような瞳はまるで芸術品のように美しい。

「無事に回復なさったようでよかったです、ブリジット様」

「アリシア様が調合してくださったポーションのお陰ですわ！　ヒールポーションもいただけたので、鎖《くさり》や手枷《てかせ》で擦れたあともすっかり治りました！」

声を弾ませてそう言うと、ブリジット様はその場でくるりと回ってみせた。

どうやら本当に元気になったようだ。

ブリジット様の隣に並んだギルバート様が深く頭を下げてくる。

「本当になんとお礼を申し上げていいかわかりません。アリシア殿が来てくださったことは素晴らしい幸運でした」

「頭を上げてください、ギルバート様！　昨日からお礼は何度もいただきましたから！」

「しかし何度言っても足りないのです！　アリシア殿、なにか望みはございませんか？　このギルバート、どんなものでもご用意しますぞ！」

ギルバート様が真剣な表情でそう言う。引き下がってくれそうもない。

そういうことなら……

「では、私の店と取引をしていただけませんか？」

「取引？」

「私の店の商品に、魔物除けというものがあります。それをシアン領に買い取っていただきたいと――」

「売ってくださるのですか⁉　あの魔物除けを⁉」

私の言葉を遮《さえぎ》り、ギルバート様が身を乗り出してきた。

「ご、ご存じだったのですか？」

「もちろんです！　隣のプロミアス領はそれを使って魔物の被害を抑えているそうではありませんか！　ぜひ我が領地でも取り入れたいと思っていたのですが、いかんせん入手が難しく……！」

どうやらギルバート様は魔物除けの存在どころか、プロミアス領でそれが活用されていることまで知っているらしい。

いや、それも不思議ではないか。

このシアン領はプロミアス領と同じく、広大なフォレス大森林の約半分を含んでいる。魔物の分布の関係でプロミアス領よりはましであるものの、シアン領にとってフォレス大森林から現れる魔物は長年の悩みの種だったはずだ。

そんな中、いきなりプロミアス領が魔物の被害を激減させた。

情報収集くらいして当然だ。

まあ、知っているなら話が早い。

「実は私は、新しい顧客を探していたんです。もし魔物除けを定期的に仕入れると確約してくださるなら、私にとっては大きな見返りになります」

先日レンに「ポーションの取引先を見つけたほうがいい」と言われていた。

これはいい機会だろう。

領地に行き渡るほどの魔物除けを定期的に買ってくれたら、それだけで破格の利益となる。

「願ってもないことです！　ぜひよろしくお願いいたします！」

「ありがとうございます」

商談成立。ギルバート様とがっちり握手をする。細かい話はあとで詰めればいいだろう。

「ああ、しかしこれではまたアリシア殿に借りが増えてしまいます……！　かくなるうえは家財道具を売り払ってでも報酬《ほうしゅう》を！」

「落ち着いてください、そこまでしなくていいですから！」

本気の目でぶつぶつと呟《つぶや》き始めたギルバート様を慌てて止めつつ、こう提案する。

「そ、それならば、魔物除けの量産に必要なものがあります。それを調達していただけませんか？」

「必要なもの、ですか？」

「魔石……というより、魔石に魔力を供給する人員です」

魔力式自動攪拌《かくはん》装置などの調合に必要な魔道具は、魔石によって動く。

魔石というのは魔力を溜め込む石だ。

そしてこの魔石は使うと魔力が切れてしまう。そうなったときは魔力を補充する必要がある。

普段は私が魔力を補充しているけれど、魔物除けを量産している間はそちらに魔力を使うので魔力が余りにくい。

というのも、私はＥＸランクのポーションを作り、それを薄めることで魔物除けを量産しようと考えているからだ。ＥＸランクのポーションは一つ作るのに大量の魔力が必要なので、魔石のほうまで魔力を回せない可能性がある。

「そういうことでしたら、私に手伝わせていただきたいですわ！」

「ブリジット様？」

「これでも魔力量には自信がありますの！　魔石に魔力を補充するくらいこなせます！」

なんとブリジット様が手伝いを申し出た。

ブリジット様は魔物憑《つ》きにかかるほど魔術が得意な少女だ。

確かに魔力補充くらい難なくやってのけるだろう。

「ですが、調合作業は私の店の工房で行うことになります。ここを離れることになりますよ？」

「わかっていますわ。ですが私は、今回の件でポーションの重要性を知りましたの。いずれシアン領を治める身として、ポーションに関する知識を身につけたいのです！」

熱意に瞳をめらめらと燃やしながら、ブリジット様が言う。

「うむ、いい心がけだ、ブリジット」

「ありがとうございますわ、お父様！」

ブリジット様の意気込みを褒《ほ》めつつ、ギルバート様は私に教えてくれる。

「アリシア殿。ブリジットはこれでも、宮廷魔術師団にと望まれるほどの魔力量を持っております。きっとお力になれるでしょう」

「宮廷魔術師団に……⁉」

宮廷魔術師団といえば、特別優秀な魔術師たちで構成される集団のことだ。

王立騎士団と並ぶエリート揃《ぞろ》いで、その一員となるには数百倍という倍率の試験を突破しなくてはならないと聞く。そんな組織に勧誘されるなんて簡単なことじゃない。

「……勧誘されたのに宮廷魔術師団には入らなかったのですか？」

「私の目標はあくまで立派なシアン領主になることですので、他のことをしている暇はありませんの！」

ブリジット様は堂々と言い切った。これはすがすがしい。

しかし、それほどの魔力量を誇るブリジット様が来てくれるというなら文句はない。

「では、よろしくお願いします、ブリジット様」

「よろしくお願いしますわ！　……ところで、私はこれからアリシア様のもとで働く身です。他の従業員の方と同じように話してくださいませ」

普通の口調で話せ、ということですか……

相手の身分を考えると少し抵抗はあるけれど、下手に特別扱いしても居心地が悪くなるかもしれない。

「わかりました、ブリジット。これからよろしくお願いします」

「はい！　あ、アリシアお姉さまとお呼びしても構いませんか？　私、アリシア様のような格好いいお姉さまが欲しかったんですの！」

格好いい？　私が？　そんなことを言われたのは初めてだ。

しかしブリジットの目はきらきらと輝《かがや》いており、明らかに本気で言っていることがわかる。

「……す、好きに呼んでください」

「ありがとうございます、アリシアお姉さま！」

そんなわけで、私は大口の取引先と、新たな従業員を得たのだった。

▽

さて、トリッドの街に戻る前に、魔物除けの納品について打ち合わせをしておかなくては。

ギルバート様の執務室に移り、詳細を詰めていく。

「シアン領が管轄するフォレス大森林沿いをすべてカバーするには、魔物除けをおよそ二千か所に設置する必要があります」

シアン家の執事が試算の結果を告げる。

ギルバート様が難しい顔で唸《うな》る。

「二千か所か……魔物除けのランクの内訳はどうなっている？」

「四分の三がランクⅡ、四分の一がランクⅢです。さらに、アリシア様によれば魔物除けは長くとも二日で効果がなくなるため、各所で月に十五本が必要となります」

「……一月《ひとつき》あたりの必要数はいくつだ？」

「ランクⅡが二万二千五百、ランクⅢが七千五百本。合計三万本です」

「三万本だと⁉」

「そ、そんなに必要ですの……⁉」

ギルバート様に続き、後学《こうがく》のためにと会議に参加しているブリジットが声を上げる。

まあ、そのくらいにはなるだろう。

フォレス大森林はシアン領、プロミアス領の各四分の一ずつを占める広大な森だ。

その外周部すべてを魔物除けの効果範囲にしようと思えば、桁も大きくなる。

「ただし、魔物がほぼ出現しないと予想される場所もあります。そのあたりは兵士の巡回で事足りますので、必要な魔物除けの数は減らせるでしょう。おそらく半分ほどになるかと」

「そうか……しかし一万五千本でも厳しいな。とても税収では賄《まかな》えないぞ」

唸《うな》るギルバート様に私は提案してみる。

「ギルバート様。領民から働き手を借りることは可能ですか？」

「む？　どういうことですかな、アリシア殿」

「魔物除けを量産する際、私がまず高ランクの魔物除けを作り、それを薄めて数を増やそうと考えています。この薄めるというのがかなりの手間仕事なのですが……ギルバート様のほうで人員を用意していただけるなら、その作業の報酬《ほうしゅう》はポーションの代金と相殺《そうさつ》させられます」

きっちり分量を量って魔物除けを薄め、それを一つ一つ瓶に詰める。

これがなかなかに手間なのだ。

「ほう、そのようなことが可能なのですか」

「はい。それと、素材の一部をシアン領で栽培していただければ私が買い取ります」

スカーレル商会との契約で、魔物除けのレシピはまだ非公開状態になっている。

だから素材すべてを作ってもらうわけにはいかないけれど、一部だけでも十分だ。

……実際には、ポーションの値段は薬師ギルドによって大まかに定められているため、ポーションを割引することは冒険者ギルドなどの例外を除けば許されない。ポーションを定価で買ってもらったあと、別取引として私が材料費や人件費をシアン領に支払う形になるだろう。

その場合でもシアン領にメリットがないように見えるけれど、実際は違う。雇用を生むことで税収が増えるからだ。結果的にシアン領はそのぶんだけ魔物除けの購入にかかる出費を抑えることができる。

ややこしい話ではあるけれど、お互いが得をする案だ。

この提案であれば私は素材を育てる手間が減るし、シアン領にとっても利益になる。

「なるほど……ポーションを薄める作業や素材の栽培を公共事業扱いにすれば、結果的に経済的な負担が抑えられる。いい案です。そのようにいたしましょう」

ギルバート様が頷《うなず》き、大まかな方針はそれで決まった。

ブリジットが目をきらきらと輝《かがや》かせている。

「さすがですわ、お姉さま！　こんなにあっさりお話をまとめてしまうなんて！」

「……いつか実現すればいいなと思って、いろいろと考えていましたからね」

「？」

領主と協力して、私の作った魔物除けを領内に行き渡らせる。

そうすることが私のかつての目標だったのだ。

まあ、プロミアス領では父がああだから話すらできなかったけれど。

そのときいろいろ考えたことがシアン領の助けになるなら、悪くない。

そのあと数時間かけ、私たちは魔物除けの導入について詳細を詰めていくのだった。

▽

シアン領主家でのやるべきことが終わったので、トリッドの街に戻る。

店に着いたのは夕方ごろで、営業が終わる時間帯だった。

客のいなくなった店内でブリジットが元気よく挨拶《あいさつ》する。

「ブリジット・シアンです。よろしくお願いしますわ、みなさま！」

「俺はルーク。よろしくね」

「……レンだ」

ブリジットの挨拶《あいさつ》に、ルークはにこやかに、レンは不愛想《ぶあいそう》に応じる。

「アリシアお姉さまに救われた経験から、ポーションの素晴らしさを知りました。ここで働くことで、いずれ領地を継ぐ際に役立てたいと考えていますわ！」

ぐっと拳《こぶし》を握って決意表明するブリジット。

そんな彼女にレンが尋ねる。

「あー……いろいろ言いたいことはあるけど、なんでアリシアが『お姉さま』なんだ？」

「頼りになって格好よくて、尊敬しているからですわ！」

「頼りになって格好いいのか？」

「その通りです！」

「そうか……」

レンはブリジットの肩に手を置き、静かに告げた。

「よく聞けブリジット。お前が見ているのは幻想だ」

「待ってくださいレン。その言い方だと私が本当は頼りなくて格好悪いように聞こえます」

「間違ってないだろ。この街に来て一瞬で財布をスられたって聞いてるぞ」

「エリカから聞いたんですか！」

くっ、余計なことを言うんじゃありませんでした……！

レンはプロミアス領にいた頃にいろいろ面倒をかけられているので、「格好いい年上女性」像には突っ込みを入れたくなったんだろう。

ブリジットはこくりと頷《うなず》く。

「レン様の言いたいことはわかりました」

「そうか。それはよかった」

「つまりアリシアお姉さまは——格好よさと、守ってあげたくなるような可愛さを兼ね備えた完璧な女性ということですね！　より好きになりそうです！」

「お前ものすごい前向きだな!?」

確かにこれは想定外なまでに前向きな意見だ。

「また賑やかになったねえ」

「突っ込み役のレンが大変そうじゃな」

ルークとランドはのんびりとそんなことを言っていた。

▽

「さっそくですが、ブリジットに実際に仕事を手伝ってもらおうと思います」

「頑張りますわ！　レン様もよろしくお願いいたします！」

「朝から元気だなお前……」

翌日、ブリジットには工房での作業に参加してもらうことになった。

ポーションは【調合】スキルがないと作れない。

しかし調合するのに必要な魔力を補充することは、魔石を通じて可能だ。

「それでは、この空の魔石に魔力を込めてもらえますか？」

「お任せください！」

私は魔力の入っていない魔石をブリジットに渡す。それを見ながらレンが厳しい顔で唸《うな》った。

「魔石か……」

「どうしましたか、レン？」

「いや、魔石って実はそんなにいいものでもないよな。魔力を流し込んでも少しずつ漏れていくから、満タンにするのが結構大変だし。おれが前にやったときは三十分くらいかかったと――」


キインッ。


「できましたわ！」

「早くないか!?」

魔石が輝《かがや》いている。確かにこれは魔力が十分に補充されている。

「ブリジットはすごいですね」

「えへへ、嬉しいです！」

「待て待て待て待て！　さらっと流していいことじゃないだろうこれ！　魔石ってのは、そんな簡単に満タンにできるようなものじゃないんだぞ!?」

「ブリジットは宮廷魔術師団に勧誘されたこともあるそうですから。すごいことですが、これくらいできても不思議ではありませんね」

「宮廷魔術師って……お、お前、そういうことは先に言えよ」

言われてみると伝えてなかったような気がする。

あとでルークたちにも伝えたほうがいいでしょうか？

「それではレン、私は今から集中して調合を行います。少しだけブリジットのことを任せますね」

「雑用でもなんでもしますわ！」

「本当にお嬢様かよこいつ……はあ、わかったよ」

面倒見のいいレンが頷《うなず》くのを見てから、私は自分の定位置に向かう。

作るのは魔物除けだ。

ただし店に並べるものではなく、ギルバート様に提出するためのものである。

シアン領の魔物対策用なのだけれど、いきなり領地全土に行き渡る量を作ったりはしない。

まずはお試しということで、一か月ほど魔物除けを領内の警備に取り入れるそうだ。その間にギルバート様は魔物除け流通に従事する領民を集めたり、素材栽培の準備を整えたりするらしい。

今回作るのはいつものランクⅤのものではなく、ランクＥＸのものだ。

一か月あたり一万五千本のポーションを作るには、ランクⅤを薄めていては追いつかない。実際に魔物除けの納品が始まればＥＸランクのポーションを作ることになるだろう。プロミアス領を追放されて以来、長らく作っていないので感覚を取り戻しておきたい。

ちゃんとできるだろうか。

まずはヨラズ草を細かくなるまですり潰す。


ごりごりごりごり。

「むむむむ……」

目を閉じて集中する。

するとすりこぎを通して、素材の魔力の流れがだんだんわかってくる。

素材の魔力の流れに沿って、すりこぎ伝いに自分の魔力を込めていく。これが重要なポイントだ。

しばらくそうしていると、ぱあっ、と素材が輝《かがや》いた。

うん、いい感じだ。

EXランクのポーションを作る際は、私の手で下処理をする必要がある。

【調合】スキル持ちがじかに下処理をすると、素材の質が少しだけよくなるのだ。

この手順を省くと私でも調合に失敗してしまうことがあある。

余談ではあるけれど、【調合】スキル持ちの人間と同じように、素材の質をよくしながら自動で下処理をしてくれる魔道具も存在する。

かつて私も持っていたけれど、研究室を爆破された際に一緒に壊れてしまった。

残念だ。あれが残っていればEXランクのポーションもすぐにできるというのに。

さて、次はしずく草だ。

ヨラズ草と同じように、神経を集中させ、魔力を込めながらすり潰していく。


ごりごりごりごり。

……よし、あとはキリハキダケだ。

軸にナイフを入れ、中から水袋を取り出す。


スッ、プチプチプチッ……


もちろんこの工程も魔力を込めながらだ。

ナイフで処理を進めるごとに、キリハキダケが素材としての効力を高めていくのがわかる。

すべての素材の下処理を終えた私は、魔力水の入っているポーション瓶にそれらを沈める。

「【調合】！」

スキルを全力で発動してポーションを作成する。

瓶は強く光を放ち、工房全体を明るく照らした。

光が収まると、そこには——


『魔物除けポーションEX』：魔物が寄り付かなくなるポーション。人の域を超えた効能。


できた！

久しぶりだから緊張したけれど、やっぱり体は覚えているものだ。

ランクEXのポーションを薄めたらランクV以上の効率でポーションを量産できる。

これでシアン領に供給する魔物除けを十分な数確保できるだろう。

できあがったEXランクの魔物除けをランクⅡ、Ⅲまで薄める。

私はそれを魔道具の鞄《かばん》に詰めて、店に向かった。

「ルーク、ランド。少し出かけてきます。その間店のほうはお願いします」

「衛兵のところに行くんだっけ？」

「はい。魔物除けの効果を試してもらわないといけませんので」

店に顔を出し、接客をしてくれているルークとそんなやり取りをする。

魔物対策として魔物除けを採用してもらえることになったものの、ぶっつけ本番ではさすがに無理がある。そのためトリッドの街の近くで魔物の警備にあたる衛兵たちに魔物除けを渡し、その効果を試してもらうことになっているのだ。

「構わないよ。この時間はお客さんも落ち着いてるしね」

「気をつけるんじゃぞー」

「助かります。では、行ってきます」

ルークとランドに挨拶《あいさつ》をして店を出る。

向かう先はトリッドの街の北端だ。街の外壁を出て、フォレス大森林との境目まで歩いていく。

するとフォレス大森林への第一の防波堤ともいうべき、木製の高い柵が見えてきた。

「アリシア様ですね！　お待ちしておりました。領主様から話は聞いております。なんでも魔物除けポーションの試供品を持ってきてくださったとか……」

　見張りの衛兵が声をかけてくる。

　ギルバート様はすでに話を通してくれていたようだ。

「はい。これが魔物除けです。ランクⅡとランクⅢの二種類があるので、場所によって使い分けてください」

「おお、これが噂の魔物除けですか。実物を見るのは初めてです」

　衛兵は感動したようにポーション瓶を眺めている。

　トリッドの衛兵たちにはこれから数日間、魔物除けを使ってもらう。

　このあたりはフォレス大森林と隣接しているため、しょっちゅう魔物の被害があるらしい。魔物除けの効果を検証するには絶好の場所といえる。

　ポーション瓶を傾けていろいろな角度から見ながら、衛兵が尋ねてくる。

「これはどのように使えばいいんですか？」

「蓋を開けて置いておくだけで効果は出ますよ。自然と気化して周囲に広がっていきますから。プロミアス領では紐をくくりつけて、木に瓶をぶら下げていましたね」

　体に塗ったり周囲に撒いたりしても問題なく使えるけれど、それだと効き目が強い代わりに一日足らずで効果がなくなってしまう。少しでも長く効果を持続させる場合は、そのやり方が一番いい。

「効果があるのは半径二十五メートルほどです。二日ほどで効果がなくなりますので、そのタイミングで交換してください」

「わかりました」

衛兵に魔物除けの使い方を伝えてから、私は街に戻った。


店に戻る前に、私はスカーレル商会に寄った。ちなみにスカーレル商会は、私がシアン家の屋敷に行っている間にトリッドの街への移転を完了させている。

エリカは……いた。

「エリカ、少しいいですか?」

「アリシアじゃない。どうしたのよ」

「スカーレル商会に依頼がしたいんです。運んでほしいものがあって」

スカーレル商会では品物の輸送も請け負っている。

距離や品物の種類に応じた金額を払えば、目的地までものを届けてくれるのだ。

スカーレル商会には品種改良された優秀な馬や、振動を抑える工夫がされた特殊な馬車がある。

それを活かした機動力こそ、スカーレル商会が王国一の大商会である理由の一つなのだ。

「輸送の依頼ね。構わないわよ。なにをどこまで運べばいいの?」

「魔物除けをプロミアス領まで運んでください。それもお父様には気付かれないように、フォレス大森林沿いを警備している兵士たちに渡してほしいんですが」

「あんた、まだプロミアス領に関わるつもりでいるわけ？　領主になにをされたか忘れたわけじゃないでしょうに」

「……」

……忘れるわけがない。

私が命より大切にしていた研究室は、あの人に爆破されてしまった。

あのときのショックは今でも夢に見るほどだ。

「プロミアス領では、私が作った魔物除けはもう切れてしまっているでしょう。フォレス大森林からやってくる魔物はどんどん増えているはずです」

「そうね。けど、それに対処するのは領主の仕事よ。あんたの義務でもなんでもないわ」

エリカの言葉は冷たいけれど、私を心配してくれているのがわかる。

「……私にはお母様との約束があります。だからプロミアス領を見捨てられません」

お母様は亡くなっているけれど、私にある遺言を残している。

エリカには以前伝えたことがあったはずだ。

だからだろう、エリカはそれ以上止めようとはせずに溜め息を吐いた。

「お人好しね。……わかった。運ぶだけ運んであげるわよ」

「ありがとうございます、エリカ」

「けど、このやり方じゃ根本的な解決にならないのはわかるわね？」

その指摘はもっともだ。

お父様にバレないように魔物除けを届けるなんてやり方、いつまでも続けられるわけがない。

「エリカの話では、プロミアス領は魔物の被害が増えているんですよね？　そんな中いきなり魔物が領内からいなくなれば、お父様も私のポーションの価値を認めてくれるかもしれません」

「そうだといいけどね」

エリカはそう言って肩をすくめるが、依頼は引き受けてくれた。

私は魔道具の鞄《かばん》から、さっき衛兵に渡した魔物除けの残りを取り出し、エリカに預けて商会を出た。

▽

魔物除けを届けてから二日が経ったので、フォレス大森林の手前で警備をしている衛兵たちの元まで行ってみる。

「アリシア様！」

「お待ちしておりましたよ！」

到着した途端、すごい勢いで衛兵たちに囲まれた。

……まさか魔物除けに不備でもあったんでしょうか？

「ま、魔物除けの効果はどうでしたか？」

「「「大変素晴らしいものでした！」」」

声を揃《そろ》えて絶賛する衛兵たち。あ、そっちですか。

「なにか変化はありましたか？」

「あったもなにも……魔物除けがあるのとないのとでは大違いでしたよ！　今までは毎日のように魔物が現れていたのに、魔物除けを使い始めてからはぴたりと姿を見なくなりました！　信じられませんよ！」

衛兵の一人がそう言うと、残りの衛兵たちもうんうんと頷《うなず》く。

「この場所の警備はとても過酷な仕事で、どんどん人が辞めていきます。人が少なくなると一人当たりの負担が増えて、さらに仕事がきつくなる、という悪循環だったんです」

「そうでしたか……」

「ですが、魔物除けを使い始めてからはその負担が一気に減りました。アリシア様のお陰です。本当にありがとうございます……！」

「「「ありがとうございます！」」」

涙ぐんだ衛兵たちに感謝の言葉を次々とかけられる。

フォレス大森林は魔物の数が多い。

魔物が街に近づかないよう警備する衛兵たちの仕事は、やはり相当ハードだったようだ。

そういう人たちの助けになれたのだと思うと、嬉しい気持ちになる。

「では、魔物除けを領地全体に導入する方針には賛成していただけますか？」

「当然ですとも！」

「ここの衛兵全員の署名付きで嘆願書を作りますよ！」

「こんなに安全な環境で仕事ができるならなんだってします！」

衛兵たちは力強く魔物除けの導入に賛成してくれた。他の街でもお試しで使ってもらうことになっているけれど、これは期待が持てる。

もともとギルバート様は導入の方向で動いてくれていたけれど、これで一層迷いなく準備を進めてくれるようになるだろう。

「……」

「どうかしたんですか、アリシア様？」

「いえ、なんでも。そろそろ届く頃かと思っただけです」

「？」

エリカに預けておいた魔物除けがプロミアス領についている頃だろう。

駐屯地にいる兵士たちは魔物除けをきちんと使ってくれると思うけれど、その有用性がお父様に伝わるかはわからない。

うまくいってくれるといいけれど……

▽

「やった！　魔物除けだ！」

「アリシア様が作ってくれたものなんだろ!?　早く使おう！」

「ああ、アリシア様が作ってくれた魔物除けなら効果は折り紙付きだ！」

魔物の対策のため、プロミアス領はフォレス大森林沿いに兵士の駐屯地を置いている。

そこに詰める兵士たちは、数十個のポーション瓶を囲んで笑みを浮かべていた。

ついさっき、スカーレル商会の人間が置いていったものだ。

アリシアの魔物除けを使っていた兵士たちには、それが彼女の作ったポーションであることが一目でわかった。

「アリシア様がいなくなって、どうなることかと思ったが……なんとか首の皮一枚つながったな」

「ああ、これで魔物に怯《おび》えずにゆっくり寝られる……！」

そう言い合う兵士たちの顔には、疲労の色が濃く張り付いている。

魔物除けの供給が途絶えてから、彼らは自力で魔物に対処しなくてはならなくなった。

フォレス大森林は漂《ただよ》う魔力の濃度が高いため魔物が強い。しかも魔物の分布がプロミアス領側に偏っているため、数も多い。巡回や見張りに少しでも隙があれば、あっという間に魔物が人里に押し寄せ、深刻な被害を出すことだろう。

ここのところ、彼らは巡回や魔物との戦いのせいで疲れ果てていた。

ようやくそんな地獄から解放されるのだ。

「それじゃあ設置してくるぜ！」

「――なにをしている、貴様ら」


プロミアス領主、トマス・プロミアスの低い声が響く。

兵士はびくりと肩を跳ねさせた。

「と、トマス様……なぜここに……？」

「最近はフォレス大森林からやってくる魔物が増えているらしいな。そんなもの、兵士の気合いが足りないからに決まっている。だから俺がじきじきに激励してやろうと思って来たのだ」

「そ、そうですか。はは……う、嬉しいなあ」

兵士は内心でダラダラと汗を流している。

そんな兵士から、トマスは彼が持つ瓶に視線を移す。

「それはなんだ？」

「ぽ、ポーションです。魔物除けといって、これがあれば魔物の被害が減ります」

「……ポーションだと？」

トマスは答えた兵士を容赦なく殴り飛ばした。

「ぎゃあ！」

倒れ込んだ兵士の胸倉を掴《つか》み、片手で持ち上げる。

「なにがポーションだ、この軟弱者が！　そんな効果があるのかわからんようなゴミにすがるとは、それでも我が領地の兵士か！」

「う、ううう」

他の兵士が止めにかかる。

「ま、待ってください！　これはアリシア様がわざわざ送ってくれた大切な魔物除けなんです！

これがあれば領地は安全になるんです！」

「そうです！　魔物除けを使わせてください！」

トマスはそんな兵士たちをじろりと見て、持ち上げていた兵士を放り捨てる。

それから地面に置いてある、ポーション瓶の詰まった木箱へと向かう。

「こんなものがあるから、貴様らが血迷うのだ！」

トマスは大声を上げ、容赦なくポーション瓶ごと木箱を踏み潰した。

「ああ、あああ、あああああ」

「せっかくの魔物除けがあああ……」

悲痛な声を上げる兵士たちにトマスはさらに激昂する。

「情けない声を上げるな！　魔物など、貴様ら兵士が対処すればいいだろうが！　血を吐くまで戦え、愚図《ぐず》どもが！」

そう怒鳴《どな》りつけてから、トマスは近くにいた他の兵士に尋ねた。

「おい、貴様」

「は、はいいっ！」

「まさかヒールポーションなども使ったりはしていないだろうな？　倉庫を確認させろ」

「そ、それは……」

兵士は冷や汗を流した。

トマスからは、兵士はポーションを使わないように命じられている。

駐屯地には【回復魔術】のスキル持ちが配備されているので、怪我《けが》をしたら彼らに頼れと言うのだ。

しかし【回復魔術】持ちは数が少ない。

アリシアが領内にいて、魔物除けが行き渡っていた頃ならともかく、フォレス大森林からやってくる魔物が増えた現在ではとても治療が追いついていない。

そのため、兵士たちはヒールポーションを自腹で買って倉庫に保管している。

倉庫を見られてしまえば確実に大目玉を食らうが、兵士ごときが領主の言葉に逆らえるわけもない。

仕方なくトマスを倉庫まで案内した。

そこに積まれていたヒールポーション瓶の詰まった木箱を確認すると、トマスは即座に大剣を振りかぶった。

「貴様らにはこんなもの必要ない！」

瓶が砕ける音が何度も響き、倉庫内にあるポーション瓶がトマスによってすべて破壊されていく。

「あああああっ……！」

兵士たちが絶望の表情を浮かべる。

魔物除けも、ヒールポーションすらもない状態で、これからどうしろというのか。

「言っておくが、貴様ら脱走など考えるなよ？　もし逃げ出したりしたら俺が制裁を加えてやるからな」

トマスのドスの利いた声に兵士たちは震え上がる。

トマスはかつて北の帝国との戦争で、敵軍に一部隊のみで突撃し、敵将の首を取った豪傑《ごうけつ》だ。領主の任に就いてからはプロミアス領の兵士たちの教育も行っており、兵士たちの脳にはトマスへの恐怖が刷り込まれている。

逃げ出そうなどとは考えることもできない。

そのあとトマスは兵士たちが休む天幕まで確認すると、ようやく駐屯地を出て行くのだった。

▽

屋敷に戻ったトマスは、エントランスで意外な人物に出迎えられた。

「お久しぶりです、お父様」

「メリダ！　帰っていたのか！」

そこにいたのはメリダ・プロミアス。

ウェーブがかかった紫色の髪が特徴的な、トマスのもう一人の娘だ。二歳離れたアリシアの姉である彼女は、トマスに微笑を向けている。

「こんなところでどうしたんだ？　お前は王都で社交に励んでいるはずだろう？」

普段、メリダは王都の別邸で暮らしている。

というのも、メリダはトマスに「プロミアス家にふさわしい婿を見つけて来い」と命じられているからだ。

社交を行う場合、王都にいたほうが圧倒的に効率的である。

こんな魔物の多い田舎にいるなんて苦痛でしかなかったメリダは、それには乗り気だった。

「もちろん、領地で異変があったと聞いて心配で駆けつけたのです。プロミアス家の長子として放っておけませんから」

「そうか。さすがはメリダだ。アリシアなどと違い、俺の娘としてふさわしい振る舞いだ」

満足そうにうんうんと頷《うなず》くトマスに、メリダはぼそりと呟《つぶや》いた。

「……あなたみたいな愚かな人と一緒にしないでほしいものですが」

「なにか言ったか？」

「お父様に褒《ほ》めていただけて感激です、と言ったのです」

メリダは適当に言っただけだったが、トマスはそうかと納得したようだ。

メリダは話を先に進める。

「お父様、領地に入ってくる魔物が増えているそうですが、なにか対策はしているのですか？」

「うむ。兵士がたるんでいるようだから、俺が激励してやった」

先ほどの駐屯地での行動は、トマスにとっては励ましの意味である。

「それだけですか？」

「そうだが、それがなんだ？」

メリダは内心で溜め息を吐く。

（……相変わらずこの人は、アリシアのポーションについてなにも知らないんですねぇ）

メリダはプロミアス領のかつての平和が、アリシアのお陰だと知っている。

ゆえに、増え続ける魔物被害を抑えるためにはアリシアを連れ戻すしかないとわかっているが――トマスはまだそれに気付いていないらしい。

「お父様。兵士たちから、アリシアのポーションを望む声が上がっているのでは？」

「――お前もそのようなことを抜かすのか……？」

トマスの声が震え始める。

ここで素直に頷《うなず》くとかんしゃくを起こすので、メリダは首を横に振った。

「まさか。アリシアが生まれ持った【調合】スキルはレベルⅠですよ？　強力なポーションなんて作れるわけがありません」

「その通りだ。まったく、兵士どもは頭が悪くてかなわん」

「ええ、その通りです」

形だけ頷《うなず》くメリダだったが、彼女にとってもこの点はいまだに疑問だった。

通常、スキルは生まれ持ったレベルに加え、努力で二段階は上積みできるとされている。

アリシアが先天的に得たレベルはⅠ。

限界まで伸ばしてもⅢ。

しかしメリダは、アリシアがランクⅤのポーションを作っているのを見たことがある。

スキルレベル以上のポーションを作ることは、この世界の法則では絶対にありえない。

アリシアの姉であるメリダでも、その謎は解明できていないのだった。

（……まあ、その点はいずれアリシアに喋《しゃべ》らせたらいいでしょう）

そう考え、メリダは話を戻す。

「アリシアのポーションが欲しいというなら、実際に用意してしまえばいいのです」

「どういう意味だ？」

「兵士たちの前でアリシアにポーションを作らせるのです。そして作ったポーションを実際に使わせ、それが大したものではなかったと思い知らせれば話は済みます」

メリダの提案に、トマスははっとした顔をする。

「そうか。その手があったか」

「はい。アリシアのポーションがどの程度のものか理解すれば、兵士も考えを改めるはずです」

実際に考えを改めることになるのはトマスのほうだろうが、面倒なので口には出さない。

「アリシアの居場所ですが、実はすでに調べてあります。私が連れ戻しましょう」

「いいだろう。では、お前に任せる。何人か使用人を連れていくがいい」

「いいえお父様、ご心配には及びません」

「なに？」

「アレク、レイン、出てきてください」

メリダが言うと、部屋の隅から二人の人物が歩み出てきた。

一人は茶髪でややあどけなさの残る少年。

もう一人は、青い髪を伸ばした冷徹そうな青年。

「……メリダ。この二人は何者だ？」

「私の婚約者候補、といったところでしょうか。アレク――アレックスは、公爵家の次男にして、騎士学校を史上最年少で卒業した天才剣士。レインは『水蛇』の異名を持つ宮廷魔術師です。お父様に紹介するつもりで連れてきました」

「ほう！」

トマスは感嘆の声を上げた。

天才剣士アレックスの名は、王都から離れたプロミアス領にも届いている。

その剣は相手に防御の暇を許さぬほどの神速を誇るという。

家柄もよく、将来は王立騎士団長になれる器だと評判だ。

「水蛇」レインも有名だ。

戦闘のみならず、魔術研究においても若くして王から勲章を賜っているそうだ。

娘の連れてきた二人に、トマスは感動した。もともと叩き上げの軍人だったトマスは、生まれ持った地位だけで威張《いば》り散らす貴族が好きではない。娘の結婚相手には家柄も重要だが、それに加えて本人の優秀さも求めていた。その点、メリダの連れてきた二人は申し分ない。

「彼らがいれば護衛も付き人も必要ありません。許していただけるなら、すぐに出発したいのですが」

「ああ、わかった。頼んだぞ、我が娘よ」

「お任せください、お父様」

メリダは優雅に一礼し、出発の準備を始めた。


「――それで結局、メリダ様はなにがしたいわけ？」

馬車の中で茶髪の天才剣士、アレックスがつまらなそうに言う。

それを聞き宮廷魔術師のレインは鼻を鳴らした。

「くだらんことを聞くな、アレックス。俺たちはメリダの指示通り動けばいいのだ。それともお前のメリダへの忠誠はその程度か？」

「そ、そんなわけないじゃないか！　僕だってメリダ様のことを心から慕ってるよ！」

「なら黙っていればいいだろう」

「エッラそうに……今ここで腕の一本くらい落とそうか？　ライバルが減れば僕はもっとメリダ様と一緒にいられるし」

「やってみろ、小童《こわっぱ》が」

馬車の中で火花を散らす二人。

（やれやれ……この二人は優秀ですが短気なのがよくありませんね）

メリダは溜め息を吐き、二人に気付かれないように――スキルを発動させる。

『仲よくしなさい、二人とも私にとって大切な人なのですから』

するとアレックスとレインの二人がぼんやりとうつろな目になる。

「「……はい」」

「よい返事です」

【暗示】スキル。

メリダはこれによって相手の精神に働きかけ、思うままに操ることができる。

鍵となるのは、アレックスとレインが身に着けている腕輪だ。

メリダが贈り物として渡したこの魔道具には、装備者を【暗示】スキルにかかりやすくする効果がある。

この腕輪が破壊されない限り、二人がメリダに逆らうことはできない。

本来はアレックスとレインはメリダのことなどなんとも思っていないが、このスキルによって二人はメリダの操り人形と化しているのだった。

「二人とも、聞いてください」

メリダは大人しくなった二人に改めて説明する。

「今、お父様は領民からの信頼を失っています。ここで私が領地を立て直せば、その信頼は私のものです。そうすれば一気に私の目的に近づきます」

「目的？」

「それはなんだ？」

首を傾げるアレックスとレインに、メリダは言った。

「――お父様を追放し、私が新たなプロミアス領の領主になります。そうすれば領民たちを苦しめる魔物への対策も打てますから」

「「！」」

嘘である。

メリダは領主になった途端に重税をかけまくって、贅沢《ぜいたく》し放題の生活をするつもりだ。

「なるほど。さすがはメリダ様だね！」

「その年齢でそこまで領民のことを……素晴らしい精神だ。感服する」

しかし【暗示】によってメリダを崇拝しているアレックスたちは、その嘘を見抜くことができない。

（そのためには、絶対にアリシアが必要です）

メリダはアリシアを連れ戻す決意を新たにするのだった。

「結局、プロミアス領で魔物除けは使われなかったみたいね」

「……そうですか」

エリカから話を聞き、私はがっくりと肩を落とす。

スカーレル商会の輸送人は、きちんと駐屯地まで魔物除けを運んでくれたそうだ。

しかしプロミアス領で残務処理をしているエリカの部下が後日様子を見に行くと、魔物除けは使われていなかった。運悪く駐屯地にやってきたお父様が、魔物除けをすべて破棄してしまったらしい。

まさか使わせてすらもらえないなんて……

「悪かったわね。力になれなくて」

「いえ、エリカのせいではありません。しかしそうなると、ギルバート様に相談したほうがいいかもしれませんね」

「シアン領主に？　……あ、そういえば魔物除けがシアン領では正式採用されたそうじゃない。おめでとう」

エリカの言葉に「ありがとうございます」と頷《うなず》く。

そう、シアン領では実際に魔物除けを試した衛兵たちからの猛プッシュにより、領内全域で魔物除けが警備に使われることが決まった。

これでシアン領の安全性は格段に上がるだろう。

「あ、話の腰を折っちゃったわね。それでシアン領主になにを頼むの？」

「それなんですが――」

スカーレル商会から外に出て、立ち話をしていると声がかかった。

「よう、アリシア。なにしてるんだ？」

「オルグ。こんにちは」

「ああ、こんにちは」

話しかけてきたのは「赤の大鷲」リーダーであるオルグだ。

周囲に他のパーティメンバーの姿は見えない。服装はいつもの鎧《よろい》姿ではないし、今日の冒険者活動は休みなのかもしれない。

「そっちのあんたは――女……？」

オルグは私の隣にいるエリカを見て、なぜか表情を引きつらせた。

そういえばこの二人は初対面だ。せっかくだし紹介しよう。

「彼女は私の友人のエリカです。最近この街に引っ越してきました」

「そ、そうか。ふうん。なるほどな」

「オルグ、どうして喋《しゃべ》りながら少しずつ後ずさりしているんですか？」

凶悪な魔物にでも出くわしたようなこの反応は一体……？

エリカはというと、「……オルグ？」と彼の名前を呟《つぶや》きながら考え込んでいる。

「オルグ、エリカとなにかあったんですか？　エリカは確かに口こそ悪いですが、根は優しいんです。ぜひよく話してみてほしいです」

「こらアリシア、初対面から嫌な印象植え付けるんじゃないわよ」

「そ、そうだな。エリカだったか？　彼女からはなにもされてないぞ。ただなんというか、その……単純に若い女が苦手というか」

オルグは小声で言いながら、だんだん顔色を悪化させている。

ふむ。

若い女が苦手ですか。

「……私も一応女性なんですが、私とは普通に話せるんですね」

「あっ、ちがっ、そういう意味じゃなくてだな！」

確かに女性らしさやお洒落《しゃれ》さではエリカにかなわないけれど、そうはっきり態度に出されると複雑な気持ちになってしまう。

「ち、違う！　誤解だ！　アリシアは美人だと思うし、話しやすいし、女らしくないなんて思ったことはない！　むしろ逆で、特別というかなんというか――」

「特別？」

「いやそれはその――と、とにかくアリシアが女らしくないなんて思ってないから、勘違いしない

でくれ！　それじゃっ！」

それだけ言うと、オルグはなぜか赤面しながら逃げ去った。

……なんだったんだろう。

それにしても特別というのは――ああ、腕を治した恩人だからという意味か。

だから初対面から好感度が高かったのだろう。

しかし、女性が苦手という話も今さらだが説得力はある。

オルグは相当整った顔立ちなのに、浮いた話をまったく聞かないのだ。

いろいろと納得である。

「すみませんエリカ、紹介するタイミングを失ってしまいました」

「それはいいけど……もしかして彼、『灼剣』のオルグ？」

「しゃっけん？　よくわかりませんが、彼は『赤の大鷲』というパーティのリーダーです」

「なら間違いないわね。もっと年上だと思っていたけれど、あんなに若かったのね……」

意外そうにエリカが呟《つぶや》く。

私にとっても予想外の反応だ。

エリカなら、オルグの失礼と言ってもいいような反応に怒ると思っていたのに。

「エリカ、その『灼剣』というのは？」

「あんたって本当にポーション以外はからっきしよね……『灼剣』のオルグって言えば、冒険者の中でも最高位の一人よ。千年以上生きた古代竜《エンシェントドラゴン》を、たった一人で倒した逸話が有名ね」

「古代竜《エンシェントドラゴン》を一人で⁉」

古代竜《エンシェントドラゴン》。

文字通り長く生きた竜のことだが、その実態は「竜の精霊」である。

長く生きた亀がランドという精霊になったように、竜も生き続ければ特別な存在へと生まれ変わる。

それを単身で倒したというのは、もう伝説として語り継がれるくらいの偉業だ。

「オルグがそんなにすごい人だったとは……」

「同じ街にいるんだから気付きなさいよ」

そうなると最初に会ったとき、オルグの腕を落としたのはどんな怪物なんだと気になってくる。

今度聞いてみよう。

そんなことを話していると、慌てたような足音が近づいてきた。

「アリシア、ちょっと来てくれ！　面倒なことになってるぞ！」

「レン？　どうかしたんですか？」

息を切らして走ってきたのは、レンだった。

「お前の姉とかいうやつが来て、そいつの従者が店の前で客相手に暴れてるんだよ！」

……なんですって⁉

▽

「うう、痛てぇ……痛てぇよお……」

「畜生、俺がこんなガキどもに……ッ！」

「大丈夫ですか⁉　このポーションを飲んでくださいませ！　すぐによくなりますから！」

私が店に戻ると、店の前では大惨事が起こっていた。

地面には冒険者たちが倒れ、苦しげな呻《うめ》き声を上げている。ポーション瓶を持ったブリジットが駆け回り、治療をしていた。

「酷《ひど》い状況ね……」

「……くそ、なんでこんなことに」

私と一緒に来たエリカが呟《つぶや》き、レンも悔しそうに吐き捨てる。

冒険者たちの向こうで剣呑《けんのん》な空気が流れていた。

店を守るように立つのは、ルークとランド。

そんな彼らと向かい合い、茶髪の剣を持った少年に、ローブ姿の青髪の青年、それから見覚えのありすぎる女性が立っている。

女性は私に気付くと、ぬけぬけとこう言ってきた。

「遅かったですね、アリシア。妹の分際で姉を待たせるものではありませんよ」

「……メリダ姉様」

そう、そこにいたのは王都にいるはずの私の実の姉、メリダ・プロミアスだった。

一緒にいる茶髪の少年と青髪の男性は、彼女の仲間だろう。

私は思わず声を上げた。

「メリダ姉様、この状況はどういうことですか!?」

「だって、あなたと話をするには仕事が終わるまで待てと言うんですもの。客がいなくなれば仕事もなにもないでしょう？　私、待たされるのは嫌いですから」

「そんな理由で……っ！」

待つのが嫌だからというだけで、お客に手を出したのか。

茶髪の少年と青髪の男性が剣と杖を持っているので、彼らがやったのだろう。

メリダ姉様の命令で。

信じられない。

「ごめん、アリシア。俺がもっと早く気付いていれば……」

「儂《わし》もじゃ。まさかここまで厄介な人間が来ているとはのう」

ルークとランドが悔いるように言うけれど、私は首を横に振った。

「謝らないでください。悪いのはどう考えてもあちらです」

私はメリダ姉様に視線を向けた。

「……姉様が攻撃したのは、この店を気に入ってくれている人たちです。謝罪を」

「そうですね。確かに焦りのあまり横暴な振る舞いをしてしまいました。深く反省します」

メリダ姉様はあっさりそう言い、優雅な仕草で腰を折ってみせた。

それに倣《なら》い、彼女が連れている男性二人も渋々といった様子で頭を下げる。

治療が済み、彼女たちに再び食って掛かろうとしていた冒険者たちは驚いたように動きを止める。

貴族が平民に頭を下げるというのはありえない。

一目で貴族とわかる見た目をしているメリダ姉様からの謝罪に動揺したのだろう。

「しかし理由があるのです。プロミアス領は今大変な危機に陥っています。それを救えるのは、アリシア、あなたしかいないのです！　どうか、話を聞いてくれませんか？」

そう言って瞳を潤ませるメリダ姉様に私は顔をしかめた。

さっきの謝罪からして明らかに演技だけれど、プロミアス領のことと言われると無視できない。

魔物除けが使われなかったことで、領地の状況は以前より悪くなっているだろう。

「……話を聞くだけですよ」

「ええ、それで構いません」

私が言うと、彼女は満足げな笑みを浮かべた。

▽

「チッ、あの女狐……」

アリシアたちと一緒に一旦店の中に入ったエリカが、一人だけで外に出てきた。

店の外で客たちの治療を続けていたレンとブリジットがそれに気付く。

「おい、ボス！　あんたアリシアたちについていったんじゃねーのかよ！」

「メリダに追い出されたのよ。『これはプロミアス家の問題です』ってね」

エリカ率いるスカーレル商会の支部はプロミアス家の領主トマスに盾突き、その領地を出てきたのだ。今さら口を出す権利があるはずがない。

それを聞き、ブリジットが憤慨して言う。

「ですが、アリシアお姉さまはプロミアス家を勘当《かんどう》されているのでしょう⁉　それなのに今さら手を借りに来るなんて身勝手すぎますわ！」

ブリジットはシアン領の屋敷からトリッドの街までの道中、アリシアからポーション店を開くまでの経緯を説明されている。眉を吊り上げるブリジットに、エリカは再度口を開く。

「それは――というか、失礼ですがあなたはブリジット・シアン様では？　領主シアン家ご息女の」

「はい！　しかし敬語は不要ですわ！　今の私は、アリシアお姉さまを手伝ういち従業員ですので！」

「……ええ、わかったわ。よろしくブリジット」

怒ったまま丁寧な受け答えをするブリジットにエリカは苦笑する。

変わった少女だが、アリシアに懐いているのは間違いなさそうだ。

「質問の答えだけど、確かに今のアリシアにはプロミアス領を守る義務はないわ。けど、アリシアはプロミアス領が滅ぶのを無視できないでしょうね」

「……なぜですか？　だって、アリシアお姉さまは実のお父様に酷《ひど》いことをされたと――」

「『母親との約束』だそうよ。遺言での、ね」

「遺言……ということは、アリシアお姉さまのお母様は」

「もう何年も前に亡くなってるわ」

「むう……」

エリカが言うと、ブリジットは小さく唸《うな》った。怒りをぶつける先を見失っているらしい。

今度はレンが尋ねた。

「あのメリダってのはどんなやつなんだ？」

「嫌な女よ」

「いや、情報少なすぎだろ」

レンが呆《あき》れたように言うと、エリカは具体的な話をした。

「最初、アリシアは今ほど優れた調合師じゃなかったわ。けど母親の病気を治せるポーションを研究する過程で、どんどん成長していった。メリダは調合師としてのアリシアの才能に気付き――彼女の作り出した調合レシピを、勝手に他の商会に売っていたの」

「なっ、なんだよそれ！」

メリダの所業を知ったレンは目を見開いた。

調合師にとって、オリジナルの調合レシピは自分の存在証明に等しい。

アリシアがばんばん開発しているため感覚が麻痺しそうになるが、普通なら新ポーションを一つ作り出すには十年近い時間がかかるのである。

それを勝手に盗み出して金にするというのは、調合師としてのその人の誇りを踏みにじるようなものだ。

「そういう女よ。最近だと、アリシアがポーション開発で稼いだ金もちょろまかしていたみたいね」

「最低じゃねーか！」

「だから言ってるじゃない、嫌な女って」

愕然とするレンに対して肩をすくめつつ、エリカは思う。

メリダの厄介なところは、腹黒い性格に加えて人を操るのがうまいことだ。

あの人物が純粋な人助けのために、アリシアに会いに来たとは思えない。

エリカは友人が無事に切り抜けてくれることを祈った。

▽

屋敷の一室にメリダ姉様たち三人を連れて入る。

私とメリダ姉様が椅子に向かい合って座り、私の背後にはルークとランドが、メリダ姉様の背後には同行者の男性二人が控えた。

「率直に言いましょう。アリシア、私とともにプロミアス領を統治する気はありませんか？」

私は目を見開いた。

「プロミアス領を統治……？　つまり領主になるということですか？」

「はい。より正確には、長女の私が領主となり、アリシアがそれを補佐する形になります。アリシアは魔物除けを領地の予算から生産し、領地を魔物から守る。私は領地経営全般を取り仕切る。合理的な分担でしょう？」

呆気《あっけ》にとられつつもなんとか尋ねる。

「その話、お父さま――トマス様には？」

「もちろんしていません。知られては厄介なことになりますから」

「……では、力づくでトマス様から領主の座を奪うつもりだと？」

「話し合いであのお父様が意見を曲げるとは思えませんもの」

その点だけは反論できない。

メリダ姉様は続けた。

「今、プロミアス領ではお父様への不満が高まっています。魔物による被害が増えているのに、なにも対策を講じていませんからね。このタイミングで魔物を鎮めることができれば、領民たちの信頼を得ることができます。領内の混乱も抑えられるはずです」

一応の成算はあるようだ。

その魔物を鎮める、という工程のために私が必要ということらしい。

「そういう荒っぽいやり方には賛同できません」

「おや、アリシアはプロミアス領を見捨てるのですか？　あなたには領民たちを救うだけの力があるのに？」

「……私は勘当《かんどう》された身です。今さら領地に戻ることなんてできません」

私が言うと、メリダ姉様はわざとらしく溜め息を吐いた。

「アリシア。あなた、お母様から『プロミアス領を頼む』と言われたのでしょう？　その約束を破るつもりなのですか？」

「……っ」

その言葉に、私は五年前のことを思い出した。

王都からほど近い山辺に立てられた、療養のための小さな屋敷。ベッドに横たわり、やせ細った手を私の頬《ほお》に当て、お母様は弱々しい声で願った。

領地を守ってほしい。

あの人を――トマスを助けてあげてほしい。

それが、お母様の最期の願いだった。

「私は……」

メリダ姉様の言葉に記憶を刺激され、私は視線を揺らがせた。

▽

（ま、こんなものですね）

眼前で俯《うつむ》くアリシアを見て、メリダはほくそ笑んだ。

昔からこの妹は愚かなのだ。

外見こそ母譲りの美貌《びぼう》を持っているが、性格は内向的で社交一つできない。

かつてのアリシアはまるで人形のようだった。

表情一つ変えずにポーションの実験を繰り返すだけの人形だ。大金に化ける新ポーションのレシピにすら執着はないようで、簡単に盗める場所に置いていた。

（アリシアの調合技術は役に立ちます。せいぜいうまく使ってあげるとしましょう）

メリダはアリシアのことを妹だとは思っていない。

アリシアはただの道具だ。

自分の役に立つポーションを一生作り続けていればいい。

領民のため、などと適当に言っておけばアリシアはポーションをいくらでも作ってくるだろう。

それを利用し、自分は贅沢《ぜいたく》で優雅な領主生活を送ればいい。

「メリダ姉様――いいえ、メリダ様」

「あら、いいのですよアリシア。姉様と呼びなさい。勘当《かんどう》されてもあなたは私の妹なのですから」

「遠慮させてもらいます。そして、私はメリダ様に協力しません」

「……は⁉」

予想外のアリシアの言葉に、メリダは目を見開いた。

▽

「アリシア、あなたはプロミアス領を見捨てるつもりですか⁉」

私の返事を聞いたメリダ様は信じられないというように叫ぶ。

まさか、拒否されるとは思っていなかったんでしょうか？

「そもそも領主の任免は国王様の仕事です。親族というだけでは領主にはなれません」

「そんなものは建前です！」

「だとしても、プロミアス領は別です。あの領地は血筋だけで治められるほどぬるい場所ではありません。トマス様だって、他の貴族が持て余したから領地を受け取ったはずです」

「それは……」

メリダ様が言い淀む。

「まずは領地の現状を伝える書状を国王様に届ける。あとは王都で行われる審議の結果を待つ。それが普通の手順のはずです」

ちなみに書状がどうこう、というのはさっきスカーレル商会を出たとき、エリカに話そうとしたことの中身だったりする。

トマス様が領主のままではプロミアス領の状況は変わらない。

根本的な問題解決を図るには、トマス様を正式な手続きのもと解任するしかない。

その上で新領主に話をつけ、魔物除けを領地防衛のために採用してもらうのだ。

そのために貴族であり、プロミアス領の隣に領地を持つギルバート様に頼み、プロミアス領の現状を記した書状を作ってもらおうと考えていた。

少し時間はかかるとしても、これがベストの選択のはずだ。

「メリダ様。あなたはプロミアス領の領主を決める審議が行われれば、自分が領主に選ばれないことを自覚しています。トマス様の仕事を手伝ったことすらないあなたに、領主を務める実力などないから」

「ぐっ……！」

私を睨《にら》むメリダ様を見て、茶髪の少年が口を挟む。

「おい！　お前、妹だかなんだか知らないが適当なことを言うな！　メリダ様は――」

「静かに。ご主人同士の話し合いに割り込むなんて、護衛のすることじゃないよ」

ルークが茶髪の少年を黙らせてサポートしてくれる。

ありがたい。

私は再びメリダ様に意識を向ける。

「メリダ様が領主になろうとする理由なんて一つしか思いつきません。……領民から税金を搾《しぼ》り取り、贅沢《ぜいたく》な暮らしをしたいんでしょう。私のポーションで領地の安全だけ確保すれば、あとは適当な代理人を雇って領地経営をさせておけばいい」

「……」

バシッ！

頬《ほお》に痛みが走った。

身を乗り出したメリダ様が、私を叩いたのだ。

「い、言わせておけば……なにを根拠にそんなことを言っているのですか！　アリシアの分際で生意気ですよ！」

「お主――」

「ちょっと！」

瞬時に剣呑《けんのん》な雰囲気をまとったランドとルークを、手で制する。

「根拠ですか、メリダ様」

「そ、そうです。そこまで言うからにはそれだけの理由があるのでしょうね」

叩かれても動じない私に、メリダ様は驚いた様子だった。

確かに昔の私は彼女に逆らうことなんてできなかった。

けれど私はトリッドの街に来てから、魔物のいる森に入ったり、盗賊にさらわれたりといった経験をしている。一人でできることも増えた。もう昔の私ではないのだ。

今さらメリダ様なんて怖くもなんともない。

「先ほど店の前で、あなたたちが傷つけたお客にポーションを配っていた女の子がいたでしょう。……彼女はブリジット・シアン。このシアン領の領主の娘です」

「領主の娘？」

「そうです。彼女はいつか領主になったときのために、ポーションの勉強がしたいとここに来ました。今はポーション店の従業員として働いています。宮廷魔術師団へのスカウトもあったのに、それを断り、領主になるための勉強をしているのです」

私やメリダ様と同じ領主の娘である彼女は、私たちとは比べ物にならないくらい領地のことを考えている。

領民にも愛されている。

彼女は将来立派な統治者になるだろう。

「一方でメリダ様は領民のためになにかしたことはありますか？　仮に領主になったとして、その後の展望は？　……日頃からブリジットと接している私には、メリダ様の言葉は薄っぺらく聞こえます。とても本気で領地に尽くそうとしているようには見えません」

「ぐぎ、ぐぎぎぎぎっ……！」

メリダ様は反論の言葉が見つからないのか、歯をギリギリと食いしばっている。

ガタン！

メリダ様は椅子を蹴飛ばすように立ち上がった。

「もういいです！　あなたに期待した私が馬鹿でした！」

「メリダ様。もう一つ言いたいことが」

応接室の扉に向かうメリダ様を私は鋭く見据えた。

「なんですか⁉」

「――今日のことをお客に本心から謝罪しろ、とあなたに言っても無駄でしょう。この店には二度と来ないでください。はっきり言って迷惑です」

「――――ッ！　あ、あああ、アリシアの分際で……！」

メリダ様はものすごい形相で私を睨《にら》むと、ドスドスと足音を立てて応接室を出て行った。

「あっ、待ってよメリダ様！」

「俺たちを置いていくな！」

茶髪の少年と青髪の男性もそのあとを追う。

「許さない……私をコケにしたことを後悔しなさい……！」

不穏な呟《つぶや》きを残してメリダ様たちは去っていった。

足音が遠ざかっていくのを聞きながら、私はずるずると椅子にもたれかかった。

「………はぁあ～～～～……」

「なかなか見事な啖呵《たんか》じゃったな。スッキリしたぞ」

「後ろにランドとルークが控えてくれていたからですよ。ありがとうございます、二人とも」

あんなふうにメリダ様に正面から言い返したのは初めてだ。

世渡りのうまいメリダ様は、いつも誰かに囲まれていた。

屋敷にいた頃は、そんな彼女に命令されると逆らうことができなかった。

しかし、この街に来て私は度胸がついたようだ。

ルークがなにやら難しい顔でメリダ様が出て行った扉を見つめている。

「……」

「ルーク、どうかしたんですか？」

私が聞くと、ルークはいつもの笑みを浮かべた。

「ああ、なんでもないよ。それじゃあ店の片付けに戻ろう。だいぶ散らかされちゃったし」

「そうですね。まったく、本当ならメリダ様にしてほしいところですが」

「あはは、それは言えてるね」

そんな話をしながら私たちは部屋を出る。

店の中に入ると、客の治療を終えたエリカたちが駆け寄ってきた。事の顛末を説明しながら店の片付けを行う。それが一段落ついたところで、ルークがこんなことを言ってきた。

「アリシア。悪いけど、ちょっと出かけてきてもいい？」

「今日はもう店を閉めるから構いませんが……なにか急な用件でもあるんですか？」

「うん、まあちょっと――『赤の大鷲』の拠点まで行ってくるよ」

私は首を傾げた。

「赤の大鷲」といえばオルグの率いる冒険者パーティだ。そんなところにルークが一体なんの用だろう。オルグに話でもあるのだろうか。

よくわからなかったけれど、とりあえず了承すると、ルークは足早に店を出て行った。

▽

「きぃいいいいいいいいいっ！　ありえない！　どうして私がこんな不愉快な思いをしなくてはならないのですか⁉」

がしがしと髪を掻《か》きむしりながら、メリダ・プロミアスは喚《わめ》き声を上げた。

その声はまるで獣のようで、決して他人に聞かせられるものではなかったが、今彼女は宿屋の個室にいる。誰にも聞かれる心配はない。

「アリシアぁ……馬鹿な妹の分際で、よくも私に盾突きましたね……ッ」

思い出しているのは昼間のアリシアとのやり取りだ。

今までアリシアがメリダに逆らったことはなかった。

しかしアリシアは見事にメリダを言い負かした。

アリシアのことをただの道具としか認識していなかったメリダにとって、それは今までにない屈辱だった。

思い出すだけで発狂しそうになる。

「絶対に許さない……絶対に……！」

瞳に恨みの炎を燃やすメリダだったが、コンコン、と扉がノックされたことで我に返る。

「どうぞ」

入ってきたのは、メリダが買い出しを申し付けていたアレックスとレインの二人だった。

「メリダ様、言われたものを買ってきたよ」

「ただいま戻った。……さっきなにか叫び声が聞こえてきたような……」

「おかえりなさい、アレク、レイン。それは気のせいでしょう。忘れてください」

メリダはしれっと上品な令嬢らしく振る舞い、若干聞かれていたらしい醜態《しゅうたい》をごまかす。アリシアに言い負かされて取り乱してから、二人から訝《いぶか》しまれているような気がする。【暗示】スキルを維持するためにも、余計な違和感は持たれたくない。

「アレク、レイン、あなたたちにお願いがあります」

「なに？」

「お前の願いならなんでも聞こう、メリダ」

メリダの願いを叶えようと身を乗り出してくる二人に、彼女はこう告げた。

「私にはどうしてもアリシアの力が必要です。ですから、なんとかして彼女を説得する必要があります。しかし、残念ながら今の彼女は、プロミアス家を勘当《かんどう》されたことで冷静さを失っているようです」

あくまでも悪いのはアリシアだ、という姿勢を崩さないメリダ。

「そこで私が本気であることをわかってもらうためにも、今買ってきてもらった爆薬ポーションでアリシアの店を破壊してください」

そう、アレックスたちに頼んだお使いというのは爆薬ポーションである。

アレックスとレインがぎょっとする。

「さ、さすがにそれは……」

「やりすぎじゃないか？　彼女は協力者なんだろう？　しかも妹だって……」

メリダはすかさず【暗示】スキルを使う。

「『今のアリシアは、勘当《かんどう》されたことで意固地になっているのです。彼女を動かすには、それなりに大きなことをしなくてはなりません。これは彼女のためなのです』」

「「……」」

メリダのスキルにアレックスたちの嵌《は》める魔道具の腕輪が共鳴し、メリダの言葉に絶対的な説得力を与える。

「……仕方ないね。必要なことだし」

「……俺の水魔術があれば火はすぐに消せる。なんの問題もない」

そう言って頷《うなず》く二人にメリダは「ありがとうございます」と口では言っておく。

（これでアリシアの店は終わり！　絶望する顔が楽しみですね！　あはははは！）

アリシアがプロミアス領から追放されたときのことは、トマスから聞いている。

アリシアはなによりも大切にしていた研究室を爆破され、絶望の中屋敷を追い出されたのだ。

店を爆破すればアリシアは間違いなくそのことを思い出す。トラウマを呼び起こされたアリシアは、メリダの言うことに二度と逆らえなくなるだろう。

そのことを想像しながら、メリダは内心で笑みを浮かべるのだった。

▽

夜。

すっかり人通りもなくなった街中を移動し、メリダたち三人はアリシアの店の前までやってくる。

「アレクが爆薬ポーションを投げる役です。レインは待機していてください」

「わかった」

「いいだろう」

メリダの指示に従いアレックスが爆薬ポーションを投げる。

キンッ。

「……は？」

アレックスの投げた爆薬ポーションが店に届く寸前、ポーション瓶が何者かによって真上に弾き上げられる。一拍置いて、ズドンッ！　と上空で火薬の花が咲いた。

それをしたのは――

「こんなことだろうと思った」

「あなたは昼間の……！」

剣を構えて店を守るように立っているのは、ルークと呼ばれていた金髪の青年だった。

彼が鞘に納めたままの剣で爆薬ポーションの瓶を弾いたのだ。

ルークは苦笑交じりに言う。

「昼間、やけに大人しく帰ったから警戒してたんだよ。まさか爆薬ポーションを投げつけられるとは思わなかったけど」

「……ッ、アリシアの護衛ごときが、わかったような口を……！」

「わかるよ。プライドが高いだけの貴族なんて山ほど見てきたからね」

そう言ってルークは肩をすくめる。

「困るんだよね、報復とかさ。アリシアは念願だった店を開けて、今すごく楽しそうなんだ。悪いけどこのままお引き取り願えるかな？」

「……」

メリダは素早くルークの周囲を確認する。

どうやら一人のようだ。

昼間見た巨大な亀の姿はない。おそらくアリシアを守るために屋敷に残してきたんだろう。

（……となると、邪魔なのはこの男一人……）

メリダはアレックスとレインに指示を出す。

「アレク、レイン。彼を排除しなさい。多少は剣を使えるようですが、たった一人であなたたち二人にかなう人間なんているわけがありません」

アレックスとレインが頷《うなず》いて前に出る。

そんな二人にルークは笑みを浮かべた。

アリシアの前では見せないような、悪意のある笑みを。

「たった一人？　そんなわけないじゃないか」

「はい？　一体なにを」

ダンッ！

ルークの横に並ぶように大柄な人影が降ってきた。

赤い髪の男性だ。二十代前半くらいだろうか、精悍な顔立ちをしている。

建物の上に身を隠していたらしい。

ちなみに……髪が少し焦げていた。

赤髪の男性は、ぷすぷすと煙を上げる髪を押さえて不満げな顔をした。

「……なあルーク。俺は体がでかいから、屋根の上に隠れとけって言ったのはお前だよな」

「そうだね」

「だったらなんで真上に爆薬ポーションを打ち上げるんだ⁉　危うく黒焦げになるところだったじゃねえか！」

どうやら彼の髪が焦げているのは、先ほど打ち上げられた爆薬ポーションのせいらしい。

そんな彼にルークは真摯《しんし》な眼差しを向ける。

「違うよオルグ。これは信頼だよ。『灼剣』と呼ばれる君の力を信じたのさ」

「適当言ってるよなお前⁉　……まあ、上に弾くしかなかったのはわかるけどよ。それにしたってもう少しやり方あるだろ……」

ぶつぶつと呟《つぶや》く赤髪の青年。

そのやり取りを聞いて、レインが目を見開く。

「『灼剣』のオルグ?」

「どうかしたのですか、レイン。彼のことを知っているのですか?」

「……最上位に位置する冒険者の一人だ。この街にいるという噂は聞いていたが……」

オルグがなぜここにいるかというと、ルークに依頼されたからである。

ルークは昼間のメリダの態度から、夜にでも報復にやってくると予想した。

相手が他に人を雇って襲ってくる可能性もあるので、ランドはアリシアの護衛として残したい。

しかし店を見張るのが自分一人では不安が残る。

そういうわけで、アリシアを気にかけているオルグに協力を要請したのだった。

オルグは二つ返事で了承し、ルークの指示通り屋根の上から見張りをしていたのである。

ちなみにアリシアにこのことは知らせていない。

勘当《かんどう》されたとはいえ、姉から憎悪を向けられていると知れば、精神的な負担が大きいと判断したからだ。

「ルークから話は聞いたぜ。実の姉だろうがなんだろうが……アリシアに酷《ひど》いことをしようってんなら容赦しねえ。力ずくで追い返してやる」

オルグがメリダたちを睨《にら》む。

野生の竜を前にしたような威圧感に三人は怯《ひる》んだが、アレックスとレインはなんとか立ち直った。

「……はっ！　冒険者ごときが偉そうに！」

「ああ。メリダのためにお前たちは排除させてもらう」

剣と杖を構え、ルークたちに襲い掛かる。

立ち位置の都合で、ルークはアレックス、オルグはレインと対峙する。

アレックスが打ち込んできた剣をルークは同じく剣で防ぐ。

ルークは驚いたように言った。

「速いね」

「そうだろう！　僕の剣は『神速』と謳《うた》われているんだ。騎士団の正規メンバーから一本取ったことがあるくらいだ！」

次々と剣を打ち込むアレックス。

この息つく暇もないほどの連撃こそ彼の真骨頂だ。

【剣術Ⅳ】と【加速Ⅲ】というスキルの組み合わせによって、並の人間では目で追えないほどのスピードで動くことができる。

この戦い方で、アレックスは王立騎士団の騎士との模擬戦でも善戦した。

王国が誇る精鋭剣士から一本取ったのだ。それまでに十回以上負けたとはいえ、十分な成果といえる。そんな芸当ができる十五歳など、王国広しといえども彼くらいしかいないだろう。

なのに。

（……あれ？　なんで当たらないんだ？）

アレックスの剣はいつまで経っても目の前の金髪男をとらえることができない。

「はあっ、はあっ、この――」

ガキン!

ルークの振るった剣が、あっさりとアレックスの手から剣を弾き飛ばした。

「え? ぼ、僕の剣がっ!」

慌てるアレックスに、ルークは冷ややかな笑みを向けた。

「騎士団の正規メンバーから一本取った、か。奇遇だね。俺も彼らと戦ったことがあるよ。一本も取られたことはないけど」

「……ッ!?」

アレックスの喉が干上がる。

そんなわけがない!

王立騎士団は王国が有する最強の剣士集団だ。その騎士団員を圧倒できる剣士などいるはずがない。それこそ騎士団長くらいのはずだ。

だが目の前の青年はそれをやってのけたと言う。そして、それが嘘ではないと思えるほどに強い。

しかもスキル頼りの素人《しろうと》の戦い方ではなく、長年鍛錬を積み続けた人間の強さだ。

「お、お前、何者なんだ……?」

「……」

ルークは答えず、剣をアレックスの喉元に突きつけた。

「まだやる？」

「……参りました」

プライドを粉々に打ち砕かれたアレックスは、その場にへたり込んだ。

「アレク！　なにをしているんですか！　早くその男を倒しなさい！」

離れた場所でメリダが喚《わめ》いている。

すると。

「ぐああ！」

「うわっ⁉」

へたり込んだアレックスに、横から飛んできたなにかが激突した。

「く、くそっ……こんなはずでは……」

杖を携えたローブ姿の青年、レインはよろよろと立ち上がりながら呻《うめ》く。

彼の視線の先には、オルグの姿がある。

「どうしたよ、そんなもんか。アリシアに手を出そうとしたからには、一発殴ったくらいじゃ済ませられねえぞ」

どうやら激怒したオルグがレインを殴り飛ばしたらしい。

オルグは大剣を抜いていないが、素手だけでも相当に強いようだ。

「俺はメリダのために負けるわけにはいかない……！　【アイシクル】！」

レインの放った氷の槍《やり》がオルグに向かって飛んでいく。

まずい、とルークは思った。

氷の槍《やり》のサイズから、術者の魔術スキルのレベルが読み取れる。

レインは【水魔術Ⅳ】――下手をすれば【水魔術Ⅴ】のスキルを持っていてもおかしくない。それほどの威力と大きさの氷の槍《やり》だった。

しかしオルグはそれを、ゴッ！　と正面から拳《こぶし》をぶつけて砕いた。

「なっ⁉」

「どうした？　終わりか？」

「ば、化け物……」

レインはその場にへたり込んだ。

「あ、アレク！　レインっ！　くっ……覚えていなさい！」

負けを悟ったメリダは、二人を置いて逃げ出す。

オルグは追いかけようとしたが、ルークに止められた。

「いいよ、放っておいて大丈夫」

「いや、でもあいつまた店に手を出そうとしてくるかもしれないだろ」

「もう来ないと思うよ。……もう一人、アリシアのことを大好きな人がいるから」

「？」

首を傾げるオルグをよそに、ルークは取り残されたアレックスたちを見やる。

正確には、彼らが身に着けている、まったく同じデザインの腕輪を。

「この腕輪……ああ、なるほど。そういうことか」

納得したように言うルークにオルグは尋ねる。

「その腕輪がどうかしたのか？」

「これ、あるスキルの効果を増幅させるものだね。闇商人が取り扱ってるのを見たよ」

「……いろいろ突っ込みどころはあるが、なんでお前は闇商人の商品に詳しいんだよ」

「よし、これは壊したほうがよさそうだ」

「お前さては全然答える気がねえな？」

オルグの声を無視してルークがアレックスたちの腕輪……【暗示】スキルを効きやすくする魔道具を破壊する。

「……あれ？　なんで僕はこんなことをしていたんだろう」

「ありえん……なぜ俺がメリダなどのためにこんな犯罪者のような真似を……ッ！」

すると洗脳効果が解け、アレックスとレインが正気を取り戻す。

それから今までのことを思い出したのか、わなわなと震え始めた。

レインが怒りを押し殺した声で言う。

「……謝罪は後日必ずする……だから今は、一つだけ用を済ませてきてもいいだろうか……」

「構わないよ」

ルークが頷《うなず》くと、アレックスとレインは「あの女ぁああああ！」と叫びながら走り去っていく。

あとにはだいたいの事情を理解しているルークと、よくわかっていないオルグが残されたのだった。

▽

「はあっ、はあっ……！」

メリダは路地裏を走って逃げていた。

アレックスとレインは置いてきた。

あんな役立たずどもはもういらない。

たかがポーション店の従業員や冒険者ごときに負けるとは思わなかった。

お陰でまたあの店から逃げ出す羽目《はめ》になった。

屈辱的にもほどがある。

(最悪です！　ああ、私はなんて手駒《てごま》に恵まれないんでしょうか！)

それもこれも全部アリシアのせいだ。

もう許さない。

どんな手段を用いても絶対にアリシアの店を潰してやる。今度は自分の手で引導を渡すのもいいだろう。

「止まりなさい、メリダ・プロミアス」

そんなことを考えているメリダの行く手を塞《ふさ》ぐように、金髪の少女が現れる。

エリカ・スカーレル。

王国最大の商会であるスカーレル商会の跡取り候補だ。

「な、なんの用ですか？」

「白々しいわよ。さっきの爆発音……あんた、アリシアの店を爆破でもしようとしたんでしょ？　その様子だと失敗したみたいだけど」

「ぐっ……！」

図星を指されてメリダが黙り込む。怒りと焦りがメリダの頭を支配し、エリカの言葉をうまく否定する余裕がない。

「アリシアはお人好しだから、あんたみたいな性悪に利用されやすいのよね。だからあんたにはこの街から出て行ってもらう。この誓約書にサインしなさい」

エリカが取り出したのは一枚の羊皮紙だ。

ただしそれは魔道具であり、サインをした者はその約束をたがえると激痛に襲われる。

すさまじい高級品ではあるが、効果は折り紙付きだ。

羊皮紙に書かれた内容は「今後二度とアリシアには関わらない」というもの。

これにサインをすれば、メリダがアリシアを利用することは不可能になる。

「あ、ちなみに逃げ出そうとしても無駄だから」

メリダの背後から二人、さらにエリカの後ろから二人、屈強な大男が現れる。

エリカの部下だろう。

こうなっては詰みだ。メリダには戦いの心得などないし、頼みの【暗示】スキルも専用の魔道具がなければ大した効果を発揮できない。

「…………わかりました……」

メリダはがっくりと肩を落とし、エリカの差し出した羊皮紙にサインをするのだった。

エリカは羊皮紙を受け取るとさっさと撤収に移る。

「それじゃあ見逃してあげましょう。……あくまであたしは、だけど」

「え？」

「見つけたぞメリダぁああああああ！」

「ひいっ⁉」

背後から響くアレックスとレインの怒声にメリダの肩が跳ねる。

ずんずんとこちらに歩いてくる二人に、メリダは笑顔で話しかける。

「あ、あなたたちですか。ふ、ふふ、信じていましたよ、私の元に戻ってきてくれると」

「黙れ、この女狐。よくも僕たちを操ってくれたな」

「この屈辱、百倍にして返してくれる……！」

「な、なにを言っているのですか？　意味がよく――」

ここでメリダは気付く。

アレックスたちに着けさせていた腕輪がなくなっていることに。

（……な、ない！　腕輪がない！　まさか戦闘中に外れてしまったのですか⁉　あれがないとこの二人に言うことを聞かせられません！）

あれがなければメリダの【暗示】スキルは二人にはろくに効かない。

つまりこの二人は正気に戻っている。

メリダは冷や汗を流しながら最後の賭けに出る。

「わ、私は二人のことを心より大切に思っています。どうかやり直させてくれませんか？」

アレックスとレインは、ふっ、と笑った。

「「許すわけあるかぁあああああああああああ！」」

「ひぃやあああああああああああああああああ⁉」

夜の街に絶叫が響き渡った。

▽

メリダ様がやってきた翌日。

「だからよー、エリカ。基本的にはルークがいるんだから、商会からそこまで人を出さなくても――」

「甘い！　アリシアはすぐにトラブルを持ってくるんだから油断できないわ」

「エリカさん、察してあげなよ。オルグは大好きなアリシアを自分で守ってあげたいんだよ」

「るるるルーク⁉　なにを言ってんのかさっぱりわからねえなあ！」

ルーク、オルグ、エリカの三人が店の前でなにやら議論をしている。

珍しい組み合わせだ。

「三人とも、なにを話しているんですか？」

私の質問にエリカが答える。

「ん～、まあ、アリシアのことね」

「私のこと？　一体どんな内容なんですか？」

「でもアリシアには関係ないわ」

「……？　私のことなのにですか？」

いいから仕事をしてこいと追い返された。解せない。

それにしても、オルグはエリカのことが苦手だったはずでは？

普通に話していたようだけれど……

なにか共通の話題でもできたんでしょうか？

第五章

「歓迎会をしない？」

「歓迎会？」

店の営業が終わったあと、店内の掃除中に私とルークはそんな会話をする。

レンは工房でブリジットにポーションのことを教えている。

ランドは井戸で水風呂中。

この場にいるのは私とルークのみだ。

「歓迎というのは、レンとブリジットの、という意味ですか？」

「そうそう。ここのところバタバタしてたから、そういうのまだできてないでしょ？　アリシアのお姉さんが……その、あの後もいろいろあったし」

「……そうですね。いろいろありました……」

ルークが言っているのは、メリダ様がやってきた翌日に衛兵に捕縛されたことだろう。彼女は一緒にいた二人の男性に違法な魔道具を着けさせ、スキルで操っていたそうだ。詳しい取り調べのため、メリダ様はすでに王都に送られている。

ちなみにこれらのことを教えてくれたのはメリダ様と一緒にいた男性二人で、そのときに店で暴れたことを何度も謝ってくれた。正気に戻った二人はとても良識的で、メリダ様の暴挙にむしろこっちが申し訳なくなってしまった……

そのことを思い出して遠い目をする私に、ルークは話を続ける。

「お姉さんのことは忘れて――って言うのもなんだけど、ここらで楽しいイベントでもするのはどうかと思ってさ。二人に歓迎会を開いて美味しいものをご馳走《ちそう》したり、プレゼントを渡したり」

「なるほど。それはいい考えですね！」

レンは調合師として、ブリジットは魔力供給要員兼調合の補佐として、大いに頑張ってくれている。

ここは雇用主として、盛大な歓迎会を催《もよお》すべきだろう。

「料理は俺が用意するから、アリシアにはプレゼントを頼んでもいいかな」

「わかりました。任せてください」

「あ、このことは二人には内緒でね」

「もちろんです」

いわゆるサプライズパーティーというやつだろう。

さて、プレゼントですか……

どんなものが喜んでもらえるでしょうか？

プレゼントを決めるため、ランドに相談に乗ってもらう。

「ランドは、レンやブリジットがなにを欲しがっているか、聞いていたりしませんか？」

「なんの話じゃ、いきなり？」

「実はですね――」

さっきのルークとのやり取りをランドに伝える。

ランドはふむふむと頷《うなず》いた。

「……なるほど。ルークはそういう言い方をしたんじゃな」

「どうかしましたか？」

「い、いや、なんでもない。それよりレンとブリジットが欲しがっているものか」

なにやら露骨に話題を戻されたような気がしないでもない。

……気のせいでしょうか？

「そうです。なにか聞いたりしていませんか？」

私が重ねて尋ねると、ランドはこんなことを言った。

「休息、じゃな」

「え？」

「いや、この店は毎日やっておるじゃろう？　そうなると、店の人間はずっと働きっぱなしになる。

レンやブリジットは文句こそ言っておらんが、明らかに疲れが溜まっておるぞ」

……疲れが溜まっている？

「調合をしていれば十分心休まりますよね？」

「断言するがそれはお主だけじゃ」

そんな馬鹿な！　素材が処理されていったり、ポーションができるときに鮮《あざ》やかに光ったりするのを見ていたら、疲れなんて吹き飛んでしまうはずでは⁉

「だいたい、心が休まっても体が休まらんじゃろ。お主、寝ている時間以外はすべて調合に充てる、という生活をどう思う？」

「理想的だと思いますが……」

「うむ、よくわかった。問題はお主の精神性じゃ」

酷《ひど》い言われようだ。

しかし冷静に考えてみれば、私はここ十年近くずっとポーションだけを作って毎日過ごしてきた。そんな人間が少数派であることは理解できる。

となると、私がやっていたことは……

「ランド、正直に言ってください」

「なんじゃ？」

「定休日とか、作ったほうがいいと思いますか……？」

「ルークは『トリッドの街の工房の中でも、全従業員に一日たりとも休みがないのはここだけだと思うなあ』と呟《つぶや》いておったぞ」

そうですか……ルークまでそんなことを……

「わ、わかりました。休みを作りましょう」

「それがいいじゃろうな」

「ですが、さすがにそれがプレゼントというのはよくありません。マイナスをゼロに戻しただけですからね」


せっかくなら喜んでほしい。

となると、疲れている二人を癒《いや》すようなものがいいだろう。

二人をリラックスさせるようなもの……

私は決めた。

よし、あれにしましょう！


数日後、店を臨時休業にし、私は朝からフォレス大森林にやってきていた。

「アリシアよ。ここになにをしに来たんじゃ？」

「アルセ草、というものを探しているんです。できれば昼までに見つけられるといいんですが」

今日の夜にはレンとブリジットの歓迎会が開かれる。

つまりそれまでに私は二人にプレゼントを用意する必要がある。

ちなみに現在ルークは料理の準備、レンとブリジットはエリカに頼んで引き付けてもらっている。

「ということはまたポーションの材料じゃな」

「祭しがいいですね、ランド」

「これだけお主と付き合っておればな……しかし、子供への贈り物にポーションというのもどうなんじゃ」

若干呆《あき》れられているようだけれど、ふふんと私は胸を張る。

「ポーションにもいろいろあるんです。任せてください、今回のものには自信があります」

「ふむ。まあ、お手並み拝見といこうかの」

それからランドはぼそりと付け加える。

「……しばらく街の外にいてくれるのであれば、都合もよいことじゃし」

「なにか言いましたか？」

「な、なんでもないぞい」

「？」

どうも数日前からランドの様子がおかしい。

まあいいか。今は一刻も早くアルセ草を見つけなくては。

「おーっすアリシア……」

あちこち探し回っていると、鎧《よろい》姿のオルグが通りかかった。

「赤の大鷲」の他のメンバーと一緒だ。

「オルグじゃありませんか。これからお仕事ですか？」

「そうなんだよ。緊急の依頼だからって……はー……よりによって今日とはなあ」

なんだか落ち込んでいるような雰囲気だ。

「どうしてそんなに落ち込んでいるんです？」

「どうしてってそりゃあ――あ、いや、なんでもねえんだけどよ！　あれだ、ちょっと予定があったんだけど、それがキャンセルになっちまったっていうか」

ごまかすような笑い方をするオルグ。妙に視線が泳いでいるのが気になる。

こんな反応をするような予定……

なるほど。そういうことですか。

「大丈夫ですよ、オルグ。私はあなたが娼館通いにはまっていたとしても、別に軽蔑したりはしません」

「なんでそんな話になるんだ!?」

男性がここまで話題を濁《にご》す予定となればきっとその方向だろう。

正直かなり意外ではあるが、ここは友人として理解を示すべきだ。

「そうじゃなくて予定ってのは――」

「オルグよ、わかっておるな？」

「……ッ、…………ッッ」

弁明しようとしたオルグの言葉をなぜかランドが威圧感たっぷりに遮《さえぎ》った。

これはどういう状況なんだろう。

どうしてランドがオルグに圧をかけるのか。

「予定というのは？」

「予定ってのは……娼館に行くことだったんだ……ッ」

なんだ、やっぱりそうでしたか。

「その、オルグ。そんな血を吐くような顔で言わなくても、別に私は気にしませんよ？　私に関係があるわけでもありませんし……」

グサッ。

そんな幻聴が聞こえたあと、オルグは胸を押さえてくるりと反転。

「それはそれで……結構傷つくんだよぉおお――――！」

あ、行ってしまった。

彼の仲間は大笑いしながらそのあとを追う。

「ランド、今のはなんだったんですか？」

「さあ、儂《わし》にもさっぱりわからんのう。それよりアルセ草を探そうではないか」

「は、はい」

よくわからないけれど、当初の目的を果たすことにしよう。

▽

フォレス大森林をしばらく歩き回り、ようやく目的のアルセ草を見つけることができた。

紡錘形《ぼうすいけい》を縦に膨《ふく》らませたような形をしており、うっすらと輝《かがや》いている。

「これがアルセ草か。……なんだかいい匂いがするのう」

「そうですね。嗅《か》いだ生き物を落ち着かせる作用があります。そうやって生き物を引き寄せて――根でからめとり養分にします」

「……いろいろと台無しじゃな」

アルセ草の根元には鼠のような小動物の骨がいくつも散らばっていた。

リラックスする香りで引き寄せた獲物の末路というわけだ。

そのアルセ草を何本か引き抜いて魔道具の鞄《かばん》に入れる。

「それをどうするんじゃ？」

「今回はこれを使ってリラックス効果のあるポーションを作ろうと思います。アロマポーションといって、見た目も綺麗なので、女性に人気なんですよ」

「ほう。そんなものがあるんじゃな」

アロマポーションは精神を落ち着けるためや、睡眠導入のためなんかに用いられる。

「貴族の女性客相手に売れるポーションを作れ」とエリカに言われて開発したものだけれど、レンとブリジットは仕事で疲れているというし、プレゼントにぴったりだろう。

「ちなみに瓶はもう用意してあります」

「ほう、なかなか凝った意匠じゃな」

私が魔道具の鞄《かばん》から取り出したのは、側面に小さな羽があしらわれたポーション瓶だ。この瓶は空を飛ぶ鳥のようにのんびりできる、という意味合いで、デザインの可愛らしさもあってアロマポーションの定番の入れ物となっている。ちなみに考案したのはエリカで、綺麗な瓶に入れることで値段を上乗せできるのが利点だと言っていた。

レンたちへの贈り物を決めた翌日、私はスカーレル商会を訪ねてこれを譲ってもらっていたのだ。

さっそく調合に入る。

工房に戻るとレンたちに見つかってしまうので、この場での作業だ。

魔道具の鞄《かばん》にしっかり道具を入れておいたので問題なしだ。

まずはアルセ草を細かく刻み、目の細かい布袋に入れる。

アルセ草入りの袋をビーカーに入れて、魔力水に浸す。ビーカーを三脚台に乗せ、その下から小型ランプで炙《あぶ》る。

ポコポコポコポコ……

水の色がまるで白い煙のように濁《にご》っていく。

よし、加熱はここまでだ。

手袋を嵌《は》めた手で、ビーカーの中身を四つの小さな瓶に移す。

この白い液体がアロマポーションの下地になる。

さて、今回のポーション作りの醍醐味《だいごみ》はここからだ。

「む？　アリシア、今回はずいぶん材料が多いんじゃのう」

「一度に全部使うわけではありません。いろんな素材を使ってアロマポーションに香り付けをするんです」

アロマポーションはアルセ草を煮詰めた時点でリラックス効果を発揮するけれど、ハーブや果物などで香りを足すと効果が増す。

さらに、加えた材料によって色が変わって、見た目も楽しめるようになる。

せっかくだから相手に合わせた調合にしようと、道中でいくつか素材を採っていたのだ。

「レンにはクナイの木の樹脂です」

この樹脂を使ったアロマポーションには頭をすっきりさせ、集中力を高める効果がある。

いつも真剣に仕事に取り組んでくれるレンにはぴったりだろう。

瓶の一つに樹脂を加えて、一旦置いておく。

こうして、成分をしっかり馴染《なじ》ませることが大切だ。

「ブリジットにはブルーローズを」

ブルーローズの花びらには肌を綺麗にする作用がある。

女性人気が高い香りだ。また、睡眠の質を上げることもできるとされている。

「アリシアよ。瓶が四つあるが、レンとブリジットに二つずつ渡すのか？」

「いえ、これはルークとランドの分です。ついでのようになってしまいますが、せっかくの機会だから日頃のお礼をしようかと」

「……む。そういうことなら、ありがたくもらうとするかのう」

ランドは少し驚いていたが、そう言ってくれた。

亀の精霊であるランドにアロマポーションの効果があるのか確信は持てないけれど、おそらく問題ないだろう。以前ランドはシュウキ草の臭いでのた打ち回っていたし。

鼻がいいならきっと効果はあるはず。

「ルークにはベルガの実がいいでしょう」

ベルガの実は少しビターな香りがする木の実だ。これを用いたポーションは大人の男性に人気が高い。

「ランドにはアクアハーブを使ったものを作ります」

「ふむ。それはどんなものなんじゃ？」

「水辺に生えることが多い植物で、清涼感のある匂いが特徴です。これを使えば、湖で暮らしていた頃の気分を味わえるかと思いまして」

「ほー、それはいいのう。水浴びのときにでも使わせてもらおう」

さて、素材を馴染《なじ》ませること約十分。

……そろそろよさそうだ。

「【調合】！」

各種ポーションを完成させる。

『アロマポーションV』：リラックス効果のあるポーション。とても高い効能。


よし、できた！

琥珀《こはく》色、群青色、黄色、薄緑色の液体が瓶にしっかり入っている。

太陽の光を受けて輝《かがや》くその見た目は、まるで宝石のようだ。

「店に戻ったら、ランドの分もみんなと一緒に渡そうと思います。ぜひ今日の夜にでも使ってみてください」

「うむ。楽しみにしておる」

「ではそろそろ帰りましょうか」

素材探しに熱中していたせいで、もう夕方だ。すぐに帰らないと夜のパーティーに間に合わない。

調合器具やアロマポーションを魔道具の鞄《かばん》にしまう。

「そうじゃな。いい頃合いじゃろうて」

「？」

私はランドの言葉に首を傾げつつも帰路についた。

……それにしても、さすがにお腹が空きました。歓迎パーティーの準備も終わっていることだろうし、屋敷に戻ったらそのまま食堂へ行くとしよう。

レンたちは喜んでくれるでしょうか、と考えながら私は帰り道を進み——

「「アリシア、誕生日おめでとう！」」

「……えっ？」


屋敷の食堂に入った瞬間、華やかな飾りと、豪勢な食事と、温かい笑顔に迎えられた。

奥の壁には「アリシア、十七歳の誕生日おめでとう！」の文字をかたどった装飾。

その場にはレン、ブリジット、ルークという従業員三人だけでなく、エリカの姿もある。

「ほら言ったじゃない。絶対忘れてるって」

「アリシアらしいけどねえ」

「普通コソコソ準備されたら気付かねーか？」

「そういうちょっと抜けているところも、アリシアお姉さまの魅力ですわ！」

彼ら四人の表情はいたずらが成功したように楽しそうだ。

誕生日。……あれ、待ってください。

そういえば今日は私の誕生日だ。

「アリシアよ、レンとブリジットの歓迎会という話は嘘じゃ。お主を外に連れ出して、パーティーの準備をするためのな」

「そ」

そういうことだったんですねー！

もともとこれはブリジットの発案だったそうだ。

雑談の流れで私の誕生日はいつかという話になり、日にちが近いことに気付いてサプライズパーティーを仕掛けようという展開になったと。

「ルークは私を騙《だま》していたんですね……」

「そのほうがサプライズが成功しやすいかと思って」

にっこり笑ってルークに言われた。

まんまと騙《だま》されたのでちょっと悔しい。

「本当はオルグも誘ってたんだけど……冒険者ギルドから急に依頼が入ったらしいね。代わりにあそこにプレゼントを置いていったよ」

ルークの示す先には大きな花束があった。

どうやらオルグも来てくれる予定だったようだ。

思い返せばフォレス大森林で会ったとき、なんだか様子がおかしかった。今度娼館通いと勘違いしたことを謝らないと。

改めて花束を見て、私は感動した。

「オルグ……こんなに素敵なものを贈ってくれるなんて」

「アリシアお姉さまはお花が好きなんですの？」

ブリジットがきょとんとした顔で聞いてくる。いやいや。

「花というか、これは素材じゃないんですか？　希少で高価な魔力植物がいくつも交じっています。これだけあればたくさんポーションが作れそうですね」

「…………お姉さま……？」

「慣れなさいブリジット。アリシアはこういう性格よ」

「アリシアって本当にブレねーよな」

ブリジットが信じられないものを見たような顔をしているけれど、どうかしたんでしょうか。

「まあ、とりあえず主役はそこに座って座って。乾杯の音頭はエリカさんにお願いしようかな」

「わ、わかりました」

「任せなさい。えー、ごほん。それじゃあアリシアの十七回目の誕生日を祝して――乾杯！」

「「かんぱーい！」」

ルークの流れるような進行によって各自席につき、エリカの合図で全員が飲み物の入ったグラスを掲げた。

テーブルの上には、見栄えのする美味しそうな料理が並んでいる。色鮮《あざ》やかな野菜の炒《いた》め煮、香ばしい匂いを漂《ただよ》わせるキッシュ、白い深皿に品よく盛り付けられた牛肉のワイン煮……森歩きで疲れた体が一気に空腹を訴えてくる。

「これ、全部ルークが作ったんですか？」

「まあ、今並んでる分はね」

相変わらず器用な人だ。この腕前ならお店を開けるんじゃないだろうか。

「なるほど。この顔立ちにこの料理の技術……」

おお、エリカがルークに熱い視線を向けている。

あの視線は――

「ねえルーク、あなた執事喫茶とか美男子バーとかそういうの興味ない？　きっとリピーター続出するわよ」

「……や、やらないかな」

「もちろんあんたの言いたいこともわかるわ。――給金は弾むわよ」

「お金の問題じゃなくてね」

あの視線はまぎれもない値踏みのそれだ。

「こちらは私もお手伝いいたしました！」

「そうですか。ありがとうございます、ブリジット」

「えへへへ」

満面の笑みでアピールしてくるブリジットの頭を撫でる。こんなに懐いてくれて嬉しい限りだ。

「そういやアリシア、今日はどこに行ってたんだ？」

レンがそんなことを聞いてくる。ブリジットも隣で首を傾げているし、どうやらこの二人は、私がなぜ屋敷を空けていたのか聞かされていないようだ。

「今日はこれを作っていたんです」

魔道具の鞄《かばん》からアロマポーションを取り出してレン、ブリジット、ルーク、ランドの四人に配る。

ブリジットとルークはなにかわかっていないようだったので解説する。

「これはアロマポーションといって、リラックス効果のあるポーションです。効き目が強いから一度に使う量は加減してくださいね」

「綺麗ですわ〜〜〜〜！」

「……おいおい、いいのかよ。これ、貴族向けの高級品だろ。ってかなんで誕生日のアリシアがプレゼントを用意してるんだ？」

「それはですね……」

ここで私はレンとブリジットに今日の私の行動を説明した。

「……なるほど。どんな理由でアリシアを追い出してたのかと思ったら、『騙《だま》す側』だと思わせてたのか……ルーク、お前結構人動かすのうまいよな」

「そんなことないって」

レンの言葉にルークは苦笑する。

「ブリジット、あれを爽《さわ》やか腹黒系って言うのよ。覚えておきなさい」

「？　よくわかりませんがわかりましたわ！」

「……エリカさん、うちの従業員に変なことを吹き込まないでもらえるかな」

「賑やかじゃのー」

それからしばらく、アロマポーションやルークの作った料理を話題に歓談した。エリカがプロミアス領にいた頃の私の失敗談を暴露してブリジットが食いついたり、私が店を空けてシアン家に行っている間の出来事なんかを話しているうちに、時間はあっという間に過ぎていく。

そんな中、ルークがふと尋ねてきた。

「そういえば、なんで俺やランドにまでプレゼントを？」

「せっかくですし、日頃の感謝をと思いまして。ただ、その、エリカが来るとは知らなかったのでエリカのぶんは用意してなかったんですが……」

エリカが来ることを知らなかったとはいえ、少し申し訳ない。

エリカは肩をすくめた。

「別にいいわよ。っていうか今日はあんたが主役なんだし、気を遣う必要ないわ」

「ですが……」

「まあどうしてもって言うなら、今からちょっとだけ付き合ってもらおうかしら」

「え？」

あれ、なんでしょう。エリカが企《たくら》んでいる表情をしている。

「盛り上がってきたことだし、アリシアに誕生日プレゼントを渡すコーナーに行きましょう！」

「おーっ、ですわ！」

エリカの言葉にブリジットが歓声を上げる。一体なにが始まるんですか？

「まずはあたしからね。そんじゃアリシア、ついてきなさい」

「え？　え？」

私はエリカに引っ張られるまま食堂から私室に移動する。

「脱いで」

「ええ⁉」

「勘違いしないように。あたしのプレゼントはこのドレスよ！　ふふふ、今からあんたはあたしの着せ替え人形になるの。服から化粧から髪型まであたしの思い通りにさせる――アロマポーションの代わりにその権利をもらうわ」

着せ替え人形って……

まったく気乗りしないけれど、アロマポーションの代わりと言われると逆らえない。

大人しくエリカの用意していた服に着替える。

エリカは服飾店の店主かと思うほどのスピードで私の見た目を整えていく。

「一度でいいからあんたを着飾ってみたかったのよね。長年の夢が叶ったわ」

「私で遊んでなにが楽しいんですか……」

私はエリカのような華やかな美人というわけでもないし、表情だって硬くて見栄えがしない。お洒落《しやれ》なんて遠い世界の言葉に感じる。

「……あんたくらいの顔立ちでそんなに自信がないの、絶対家庭環境のせいよね」

「なんの話ですか？」

「ん？　あの女一発くらい殴っとけばよかったなーって話よ」

なんだかわからないけれどエリカの声色が怖い。

ドレスに着替え、髪をとかし、化粧を施される。

エリカに促され、鏡を覗《のぞ》き込む。

「……私じゃないみたいです」

「やっぱ素材はいいのよねえ。普段からちゃんとすればいいのに」

鏡の向こうには、普段とは比べ物にならないくらい華やかな自分がいた。

エリカに引っ張られて食堂まで戻る。

「お、お主本当にアリシアか!?」

「お姉さま、すっごくお綺麗ですわー！」

「あ、ありがとうございます……」

ランドは目を丸くし、ブリジットは頬《ほお》を紅潮させて褒《ほ》めてくれる。

かなり照れくさいんですが、これ……

「……まあ、衣装がまともだとそれなりに見えるな」

「や、やっぱり似合っていませんか？　このドレス、私には華やかすぎますよね」

「そ、そこで不安そうにするなよ！　ちゃんと似合ってるよ！」

憎まれ口を叩いたレンも、すぐにそう言い直してくれた。

だんだん混乱してきた。本当にちゃんと似合ってるのか。

「本当に綺麗だよ、アリシア。もっと自信持てばいいのに」

「もう許してください……」

ルークにまで褒《ほ》められて、私は視線を落とした。

顔が赤くなっているのが自分でもわかるけれど、せっかくの化粧が取れてはまずいので顔を覆《おお》うこともできない。

「それにしてもあれじゃな。この場にオルグがいなくてよかったのう」

「あー、それは言えてるね」

「混乱して窓を突き破る光景が目に浮かぶわ」

ランド、ルーク、エリカがそんなことを言い合っている。

どうしてここでオルグの名前が出てくるんだろう。謎だ。

「というわけであたしの手番は終了よ。次は誰にする？」

エリカの言葉に勢いよく手を挙げたのはブリジットだった。

「次は私とレン様からのプレゼントですわ！」

「二人から？　合作なんですか？」

「はい！　ちょっとお待ちくださいませ！　ほら行きますわよ、レン様」

「わかったよ……」

キッチンのほうへと走っていった二人は、平たい円柱形のなにかを持って戻ってくる。

テーブルの上に置かれたのは、焦げ茶色のスポンジをたっぷりのクリームで飾りつけたケーキだ。

「私とレン様は誕生日ケーキを作りましたの。お屋敷の料理長に秘伝のレシピを教わって作った力作ですわ！」

見た目が美しい、というわけではないけれど、なんというか素朴な魅力に溢れたケーキだ。

よく見ると上の部分に木製のプレートが載っていて、そこになにか書かれている。

「アリシア、誕生日おめでとう」という文字の横にあるこの図柄はなんでしょう……？

「魔物……いえ、棺桶……？」

「下手で悪かったな！　ポーション瓶だよ！」

「れ、レンが描いたんですか！　も、もちろんわかります。言われてみれば確かにこれはポーション瓶です！」

顔を赤くしたレンに、慌てて訂正しておく。

確かにポーション瓶の形に見えなくもない。

……どうやらレンは意外と不器用なところもあるようだ。知りませんでした。

その間にブリジットがケーキを取り分けてくれたので、一口食べてみる。

「……美味しい！」

スポンジがふんわりと柔らかく、なめらかなクリームは甘さ控えめでしつこくない。

生地にドライフルーツやくるみが練り込まれていて、飽きないための工夫もされている。

「やったーですわ！　レン様、手を出してくださいませ！」

「ふん」

ブリジットとレンがハイタッチをしている。

性格は対照的な二人だけれど、相性は悪くないのかもしれない。

「最後は俺とランドだね」

ルークが小さい袋を渡してくれる。

中を開けてみると。

「……貝殻のブレスレット？」

「そう。ランドが元いた泉があるでしょ？　そこでランドに貝殻を取ってきてもらって、俺がその形に組んだんだ」

大小バランスのとれた貝殻がいくつか使われたブレスレットを眺める。

私はお洒落《しゃれ》なんてよくわからないけれど、これを見ていると心が落ち着く気がした。

「まあ、アリシアはアクセサリーとかあんまり好きじゃないかもしれないけど……」

「確かに調合のときは外さないといけませんね」

「あ、確かに。そっか、ペンダントとかのほうがよかったね。作り直そうか？」

「……いえ、このままで。とても嬉しいですよ。ありがとうございます」

自然と笑みがこぼれる。

「……」

「ルーク？」

なぜかルークがそのままの表情で一瞬固まる。

なんでしょう、この反応。

普段全然笑わないせいで、私の笑顔があまりに引きつっていたりしたんでしょうか。

「あ、いや、なんでもないよ。お礼を言うならランドのほうにもね」

再起動したルークがランドを指さしてそう言う。

「そうですね。ランド、ありがとうございます」

「うむ。喜んでもらえたならなによりじゃ」

さて、そんなやり取りをしている私たちにエリカが告げる。

「プレゼントも終わったことだし、ここからはお酒を入れましょう！　あ、レンとブリジットは特製ジュースで我慢ね。アリシアを潰して面白いことさせるわよ！」

「なぜ私なんですか⁉」

このあとはエリカ持参のお酒を加えたパーティーとなり、半数が寝落ちするまで大騒ぎが続くのだった。


「……エリカさんってお酒弱いんだね」

「好きではあるみたいなんですけどね」

眠ってしまったエリカ、レン、ブリジットに毛布をかけながら、私とルークはそんなやり取りをする。

パーティーが終わり、客間で三人の介抱をしているところだ。

お酒を飲んでいないレンたちまで眠っているのは、寝不足が原因らしい。最近は毎日早起きしてケーキ作りの練習をしていた、とルークが教えてくれた。

「アリシアがお酒強いのは、ポーションの試し飲みとかしてたから？」

「そんなところです。ルークも全然酔っていなそうですね」

「俺はまあ、酒で酔わないのは義務みたいなものだったから」

「……？」

相変わらずルークはいまいち過去が見えない。

ちなみにランドは酔い覚ましと言い残し、定位置である井戸の中に行ってしまった。溺れたりしていないといいけれど……。

「改めて、今日はありがとうございました。本当に嬉しかったです」

「どういたしまして。まあ、準備したのは俺だけじゃないけど」

「みんな寝てしまいましたし、代表して受け取ってください。……こんなふうに祝ってもらえたのはお母様がいたとき以来です」

お母様が亡くなってから、私はプロミアス家の一員として認められなくなった。この街に来る以前のことを思い出して少し気分を沈ませる私に、「言いたくなかったらいいけど」と前置きしてルークが尋ねてきた。

「アリシアのお母さんってどんな人だったの？」

「……優しい人でした。あとは思い切りのいい人でしたね。お母様の病気を治そうと私がポーションの研究を始めたら、自分の財産をすべて売り払って資金を用意してくれました」

「そ、そうなんだ。とんでもないことするなあ……」

ルークの感想はもっともだ。普通の伯爵夫人は、一日にしてドレスやら宝石やらをすべて換金したりしない。

「それにしても、病気か。アリシアのポーションでも治せなかったの？」

「当時の私はまだスキルレベルが低かったので」

幼い私は必死に手を尽くしたけれど、お母様を救うことはできなかった。

「お母様が亡くなってから、トマス様はどんどんおかしくなっていきました。あの人は、お母様の死を、私が試作品のポーションを飲ませたせいだと考えているのです」

「……アリシアのことだから、自分の体で試してはいたんじゃないの？」

「当然です！　それに、少しでも体の害になる成分は絶対に入れないようにしていました！」

ルークの言葉に私は当然とばかりに頷《うなず》く。

「……ですが、トマス様は聞く耳を持ちませんでした。お母様が亡くなったのは私のせいだと言い張り、やがてポーションそのものを憎むようになったんです。部下にもポーションを使わないように命令していました」

「……ずいぶん極端だね」

確か兵士たちの駐屯地でも、ヒールポーションの使用を禁じていたはずだ。

だから私やエリカは、トマス様に秘密で魔物除けを領内に運んでいた。

以前のプロミアス領は魔物除けのお陰で平和だったけれど、トマス様はそれを「自分が鍛《きた》えた兵士によるもの」と思い込んでいる。

だからトマス様は魔物除けのことを知らない。

知っていたとしても、その効果を信じていないだろう。

そのすれ違いの果てに、私は領地を追放されてしまった。

「お母様には、プロミアス領を守るように頼まれていたのですが……なかなかうまくいきません」

今もプロミアス領の人々は苦しんでいるはずだ。

けれど、今の私にはどうすることもできない。

「……アリシアは偉いよ。そんなに落ち込む必要なんてないと思う」

「そうでしょうか」

「誰にだってできないことはあるよ。それでもずっと頑張り続けているんだから、アリシアに悪いところなんて一つもない」

そこまで言って、ルークは肩をすくめる。

「それに、落ち込んだところで現実はなにも変わらないしねえ」

「…………ルークってときどき毒を吐きますよね……」

「え？　あ、ごめん。悪気はないんだけど」

「ふふ、冗談です。わかっていますよ」

でも、ルークの言う通りだ。

なんでも思い通りになんてできないのだから、目の前のことを頑張るだけだ。

第六章

「ありがとうございました。またのお越しをお待ちしております」

本日最後のお客が店を出る。

今日も無事に「緑の薬師」を営業できた。

「それでは後片付けと明日の準備をしましょうか。ルークは棚に商品の補充、レンは表の掃き掃除をお願いします。ランドは魔力水を足しておいてください」

ルークたち三人はそれぞれ了承をしつつ、作業に入る。

「アリシアお姉さま、私はなにをしたらよろしいでしょう？」

「ブリジットは私と一緒に店内の掃除をお願いします」

「わかりましたわ！　掃除道具を持ってまいりますので少々お待ちくださいませ！」

ブリジットは頷《うなず》くとぱたぱたと店の裏へと出ていった。すぐに戻ってきたブリジットから箒《ほうき》を受け取り、二人で店内の床を綺麗にしていく。

「アリシアお姉さま、昨日は素敵なプレゼントをありがとうございました！」

「どういたしまして。もう使いましたか？」

「ええ、今朝少しだけ。とてもよく眠れそうな香りでしたわ！」

「それはなによりです」

アロマポーションの用途の一つは睡眠の質を上げることだ。役に立てたなら作った人間として嬉しい。

「でも封を開けてしまったことをちょっとだけ後悔もしておりますの」

「後悔、ですか？」

物憂げに視線を落とすブリジット。思わず不安になる。まさか私の作ったポーションになにか不備が……!?

「だってアリシアお姉さまからの初めての贈り物ですのよ!?　未開封の綺麗な状態のまま家宝にするのもありだと思いますの！　棚の上に飾って、毎朝祈りを捧げますわ！」

「なんの宗教ですか……」

ブリジットがアロマポーションを使ってくれてよかった。自分の娘がポーション瓶に祈っている姿なんて、ギルバート様が見たら卒倒しかねない。

「なくなればまた作りますよ。だから遠慮なく使ってください」

「い、いいんですの？」

「はい。そのくらい構いませんよ」

目をきらきらと輝《かがや》かせるブリジットに苦笑を返す。ぶんぶん振られる尻尾の幻覚がお尻の後ろに見えるようだ。こんなに喜んでくれるなら作り手冥利に尽きる。

「おい、アリシア。少しいいか」

そんなやり取りをしていると、店の前の掃除をしていたレンが、入口のほうから声をかけてきた。

「レン？　どうかしたんですか？」

「客だ。アリシアに話したいことがあるんだと」

こんな時間にお客？　誰だろう。私が疑問に思っていると、レンに続いてその人物が店内に入ってくる。

「自分です、アリシア様」

やってきたのは、線の細い穏やかそうな顔つきの男性だった。

「ベンさんではありませんか」

そう、そこにいたのはアーロン工房の新しい長となったベン氏だった。

「お姉さまのお知り合いですの？」

「そうですね。……いろいろとありまして」

「？」

アーロン工房とのいざこざについてはブリジットにはまだ話していない。レンはエリカから聞いて知っているかもしれないけれど。必要があれば、そのとき伝えればいいだろう。

ちなみにアーロン工房は、ベン氏が後を継いでからも名前はそのままだ。名前を変えると手続きやら知名度やらの問題があるから、ということらしい。

「本日はどのようなご用件ですか？」

この時間に訪ねてきたということは、おそらく営業時間が終わるのを待っていてくれたということとだろう。すぐに終わるような話ではなさそうだ。

「それが……アリシア様に少し見ていただきたいものがあるのです」

「私に見てほしいもの？　どういったものですか？」

「……前工房長の置き土産です」

「……」

「レン様、アリシアお姉さまがとても嫌そうな顔をしていらっしゃいますわ」

「アーロン工房の前工房長とはいろいろあったらしいからな……」

ベン氏の用件は、私にとってとても関わりたくないものだった。とはいえ、ベン氏がわざわざ訪ねて来たからにはよっぽど困っているんだろうし、ベン氏には開店のとき何度も相談に乗ってもらっているし……

「……わかりました。話を聞きます」

私は溜め息をこらえてそう言うのだった。


応接室に場所を移し、改めてベン氏から話を聞く。

ルークが淹《い》れてくれたお茶を飲みながら、私は正面の椅子に座るベン氏に問いかけた。

「それでベンさん、前工房長の置き土産というのは？」

「魔物です。見たことのない種類のものですが」

「魔物？」

予想外の言葉に首を傾げていると、ベン氏が説明を始めた。

「順を追って話します。自分は前工房長の仕事を引き継ぐために、いろいろと動いています。その中で、前工房長の部屋に――正確に言うと敷地内にある居住場所ですが――隠し扉があることに気付きました」

「隠し扉、ですか」

「その奥は工房になっていました。前工房長の私的な作業場所でしょう。中は広く、菜園もありました。自分含め、工房の中にその存在を知っていた者はいませんでした」

「それって……」

「……前工房長は、社会的に問題のある組織ともつながりがありましたからね」

つまり大っぴらにできないようなポーションの作成をこっそり行っていた、ということだ。

盗賊ガロスを雇っていたことからも、前工房長はごろつきとの交渉に慣れていたことは予想できる。禁制ポーションを作って売りさばいていたとしても不思議じゃない。

「隠し工房の奥には鳥かごのようなものがぶら下がる、妙な空間があったんです。その鳥かごの中には見るからに消耗《しょうもう》した、獣のような魔物が閉じ込められていました」

「それがさっき言っていた『置き土産』ですか？」

「はい。自分はそれが気になり、まずは冒険者ギルドに調査を依頼しました。しかしそれを見た職員も心当たりがないと言うのです。間近で見ることができれば、また違ったのかもしれませんが……」

「近づけない理由があるんですか？」

私が聞くと、ベン氏は頷《うなず》いた。

「鳥かごの中の魔物は、こちらが近づくと妙な力で攻撃してくるのです。『地面を操る』と言いますか……足元からいきなり土でできた杭《くい》が生えてくる、と言えば想像がつくでしょうか」

ええ……。

怖すぎる。一体前工房長はなにを隠していたのだろうか。

話を聞いていたルークが口を開いた。

「それはもう前工房長に話を聞いてしまったほうが早いのでは？」

「残念ながら前工房長はすでに王都に護送されています。話を聞こうにもどうしようもありません。いくつも余罪があるため、騎士団が直接取り調べをすることにしたとかで」

「……なるほど」

前工房長がすでにこの街にいないのでは、話を聞きようがない。

「それでどうして私の元に？　正直に言いますと、魔物に関することで役に立てる自信はありませんよ」

私が言うと、ベン氏は首を横に振った。

「いいえ、自分がアリシア様に聞きたいのは魔物のことではなく、その近くに植えられている植物についてです」

「植物？」

「魔物の鳥かごの近くには、等間隔でなんらかの植物が生えていました。前工房長が育てていたからにはポーションと関係があるのでしょうが、残念ながら自分では、遠目にはそれがなんなのかわかりませんでした。ですがアリシア様ならあれがなにかわかるかもしれない、と思いまして」

「……それがわかれば魔物の正体についてもわかるかもしれない、ということですか？」

「はい。本音を言えば問答無用であの魔物を処分してしまいたいところなんですが、どうにも不気味で……できるだけ情報を集めてからにしたいのです」

ふむ……

少し考えてから私は頷《うなず》いた。

「離れた位置から見るだけであれば、構いませんよ」

「本当ですか!?」

「はい」

聞く限りでは近づきさえしなければ問題ないようだし、そのくらいは引き受けよう。ポーションに関連することなら私でも力になれるだろうし。

そんなわけで、私はアーロン工房へと向かうことになった。

▽

ベン氏の話を聞いたあと、私たちは全員でアーロン工房にやってきた。

「大きな工房ですわね！」

「設備が整いすぎだろ……！　どんだけ儲《もう》かってんだよ」

アーロン工房の敷地内に入った途端、ブリジットとレンが口々にそんなことを言う。

「……なにもみんなで来る必要はなかったのでは？」

「みんなアリシアが心配なんだよ」

「うむ。特にここにはよい思い出がないからのう」

確かにその点は否定できない。

「とはいえ、ベンさんのいる前でそういうのは……」

「いいえ、アリシア様の場合はそのぐらい警戒なさるほうがいいかもしれません。アリシア様のような規格外の知識や技術を持つ調合師なら、どんな勢力に目をつけられてもおかしくありませんから」

ベン氏には大真面目な顔でそう忠告された。

そのまま敷地内を移動していく。

「ここです」

ベン氏がやってきたのは敷地の端にある建物だ。二階建ての屋敷のように見える。

「前工房長は工房の敷地の中に自分の家を建てたんです。自分は単に家に帰るのが面倒だったからだと思っていたんですが……それとは別の理由もあったようですね」

それが好き勝手に調合を行うための隠し工房、というわけか。

「確かに工房の敷地内なら材料や器具を簡単に調達できますからね」

「おそらくそういうことでしょうね……」

溜め息交じりに私の言葉に頷《うなず》きながら、ベン氏は前工房長の屋敷の中に私たちを案内する。一階の奥にある部屋に入り、ベン氏が壁際の本棚を横にスライドさせると、そこに扉が現れる。それをくぐり、出現した地下への階段を下りていく。どうやらこの先に例の隠し工房があるようだ。

「アリシアの屋敷もそうじゃが、どうして調合師というのは隠し部屋を作りたがるのかのう」

「時代によって禁止されている研究というものもありますからね。確かにそういうものを研究したいなら、隠し部屋を新しく作るのはありですね……」

「なに真面目に検討してんだよ」

ランドの言葉に考え込んでいると、レンに突っ込まれた。

そうこうしているうちに目的の場所に着いた。

「あれが魔物の入っている鳥かごです」

足を止めたベン氏が言う。

そこは小さな洞窟《どうくつ》のような場所だった。私の屋敷の地下にある畑と雰囲気は似ているものの、規模は小さい。天井に杭《くい》が打たれ、そこから鎖《くさり》で吊り下げられた鳥かごの中でなにかが浅い呼吸を繰り返している。

「……」

それは確かに獣のような魔物だった。ぼさぼさの毛並みはくすんだような茶色で、体長は四十センチほど。やや長めの尾は毛量が多く、それを枕代わりにして眠っている。

「不気味ではあるけど……思ったほどではないような？」

「むしろちょっと可愛いような気がしますわ」

ルークとブリジットの感想はそんな感じだった。

「……んん？　あれが魔物じゃと……？」

「ランド、あれがなにかわかるんですか？」

「そういうわけではないんじゃが……」

ランドが少し妙な反応をしているけれど、思い当たることがあるわけではないようだ。

視線を下げると、そこには等間隔に植物が生えている。

「アリシア、くれぐれも近づかないようにね」

「はい」

ルークの言葉に頷《うなず》きつつ植物を凝視する。

……あの植物、見たことがあるような気がする。

おそらく魔力植物だ。まだ育ち切ってはいないんだろうけど、葉がうっすらと光っている。

あの淡い光は、確か子供の頃に見た植物図鑑の中に――

「あっ！」

そこまで考えて、思わず私は声を上げた。私はあの魔力植物を知っている！　実際に見たのは初めてだけれど、間違いない。

まさかこんなところでお目にかかれるなんて……！

「アリシア、待った！」

「え？　……あ」

「……！」

しまった、うっかり足を踏み出してしまいました……！

眠っていたはずの鳥かごの中の魔物が勢いよく顔を上げ、私を睨《にら》む。それと同時に私の足元の地面が盛り上がり、鋭い棘《とげ》の形になって目の前に突き出された。

「――ふっ！」

ルークが私の腕を引くと同時に、いつの間にか抜いていた剣でその棘《とげ》を切り飛ばした。土でできた棘《とげ》は相当硬いはずだけれど、ルークは意に介する様子もない。

そのまま私を連れて安全な位置まで下がる。

「……アリシア、近づかないように言ったよね？」

「す、すみません……」

「たまたま間に合ったからいいけど……あんまり心配させるようなことはしないでほしいな」

「……はい」

叱るように、それでいて気遣うように間近で囁《ささや》かれる。

きょ、距離が近い……！

ルークに他意はないだろうけれど、この近さは大変よろしくない。危険な目に遭《あ》った直後ということもあり、無駄に心臓がばくばくと跳ねてしまう。

「アリシア、聞いてる？」

「は、はいっ」

「とにかく、もう迂闊《うかつ》なことはしないように。わかった？」

「気をつけます」

何度も首を振って頷《うなず》くと、ルークは私を解放した。

「大丈夫ですか、アリシア様!?」

「大丈夫です。ルークがかばってくれましたから」

ベン氏は顔を青ざめさせているけれど、本当に傷一つない。

「グルル……」

鳥かごの中の魔物はまだこっちに敵意を向けてきている。

さらに攻撃を仕掛けてくる気配はないけれど……

「アリシアよ。すまんが宝玉をくれ」

「え？　あ、はい」

ランドが急にそんなことを言ってきた。

一体なにをするつもりだろう？

よくわからないまま宝玉を取り出してランドに渡すと、宝玉をくわえたランドが高さ一メートル弱のサイズになる。

「……」

「……、……？」

「…………」

そのままランドが目を閉じてなにかを念じるような仕草をすると、人型の魔物が少しずつ落ち着いていく。

「……ふう。これで大丈夫じゃろう」

「……あの、ランド。一体なにをしたんですか？」

その場の全員が思っているであろうことを聞くと、ランドはあっさり答えた。

「念話じゃ。あの鳥かごの中にいるのは魔物ではない。精霊に近いものじゃな」

「精霊!?　ランドのような存在ということですか？」

「うむ。まあ、まったく同じというわけではないがの」

精霊であるランドは念話によって口に出さずとも意思の疎通ができる。どうやらあの魔物――精霊にランドは念話で話しかけ、落ち着かせたようだ。

「念話というなら、ランド以外とも意思疎通ができるということですか？」

「いや、あの者の念話は不完全じゃ。儂《わし》以外ではやり取りできんじゃろう」

となると、あの人型の精霊と会話するときはランドに通訳してもらうしかなさそうだ。

「精霊か……ランドのこともあるし、いるところにはいるってわかってはいるけど……」

「にしても、滅多に会えるもんじゃねえだろ。なんでこんなところにいるんだ？」

ルークとレンが首を傾げる。そんな二人にランドはこう答えた。

「さっきのやり取りである程度事情はわかったが――それを話すより先に、アリシアよ。あの精霊を治してやってくれんか？　怪我《けが》をしておるんじゃ」

「怪我《けが》、ですか？　別に構いませんが……また襲われたりしないでしょうか」

「いや、もう心配いらん。儂《わし》がお主は安全だと伝えたからの」

「……ランドがそう言うなら」

私が前に進もうとすると、ルークが前に出た。

「俺が鳥かごを下ろすよ。ランドを疑うわけじゃないけど、一応ね」

ルークが慎重に進み、鳥かごに近づく。特に攻撃される様子はない。

そのまま鳥かごの真下に行ったルークはジャンプし、剣で鳥かごを吊るす鎖《くさり》を切った。落ちてきた鳥かごをキャッチし、その場に置く。

「……大丈夫そうだね。アリシア、来てくれる？」

「わかりました」

鳥かごの元に向かう。

「……」

獣型の精霊をそっと鳥かごから解放する。見ると、確かに後ろ足に抉《えぐ》れたような傷があった。捕まったときのものだろうか？　魔道具の鞄《かばん》の中から『ヒールポーションⅢ』を取り出して傷口にかける。

「……！」

するとと獣型の精霊は驚いたように立ち上がり、その場でぴょんぴょんと跳ねたあと、私の周りをぐるぐる走り回り始めた。どうやら元気になったようだ。

というかこの精霊……なんというか、その、見た目やら反応やらが完全にあの生き物なんですが。

「わん！」

ああ、鳴き声まで犬なんですね。

三角の耳、ぶんぶん振られる尻尾、くりくりとしたつぶらな目。元気になったこの獣型の精霊の姿は、どう見ても子犬のそれだった。怪我《けが》を治したせいか私のことを気に入ったようで、鼻先を私の足首にこすりつけてくる。

思わず背中を撫でると、手のひらにもふもふした心地いい感触が伝わってくる。しかも、好きなだけ撫でろと言わんばかりにその場に留まっている。

か、可愛い……！

「ものすごい懐きようだね」

「さっきまでの緊張感はどこにいったんだよ……」

「よほどアリシアに感謝しておるようじゃな」

「ず、ずるいですわ……！　私だってまだアリシアお姉さまに撫で撫でなんてしてもらっていませんのに！」

その光景を見たみんながそれぞれそんなことを言っている。……なんだかブリジットだけ感想がおかしいような気がするけれど。

襲ってくる気配はもうなさそうなので、離れた場所で待機していたレンたちに手招きする。獣型……というより犬型の精霊のもとに全員やってきたところで、私は改めて尋ねた。

「それでランド、さっき言っていた事情というのはなんなのですか？」

私が尋ねると、ランドは話し始めた。

「この者は、フォレス大森林を統べる存在の一部じゃ。本体ではなく、まあ、分身のようなものと考えればいいじゃろう」

「……フォレス大森林を統べる存在？　なんですか、それ」

「儂《わし》も詳しくは知らん。しかし森に住まうものは、なんとなくその存在を感じておるじゃろうな。それの生み出す特別な土が、質のいい木々をはぐくんでおる」

「木々の成長を助ける能力を持った精霊、ということですか？」

「うーむ……まあ、だいたいそんな感じじゃ」

やや歯切れの悪い返事とともにランドは頷《うなず》いた。

フォレス大森林に木々の成長を助ける精霊。そんなもの聞いたことがない。

しかしベン氏は考え込むように言った。

「……フォレス大森林の特徴に、土に含まれる養分が他の森と比べて極端に多い、ということがあります。しかもその理由は解明されていないとか。諸説ありますが、中には精霊や魔物が影響を与えている、という考えもあります」

「同じ精霊のランドが言うなら説得力もあるね」

ルークもベン氏の言葉に同意する。

ランドが話を続けた。

「前工房長のアーロンは、その存在の一部であるこの獣を森で偶然捕らえた。そしてここに監禁し、魔力植物を育てさせていたようじゃな。捕らえられる際に手荒なこともされたらしい。こやつが最初に儂《わし》らを警戒していたのもそのせいじゃ」

「……なるほど」

犬型の精霊は今は大人しくしているし、好戦的な性格のようにも見えない。前工房長のせいで怯《おび》えてしまっていたんだろう。

「……」

「……？　……、……」

ランドは黙り込み、犬型の精霊と向かい合う。念話で話しかけられたようだ。

「アリシアよ、この者がお主に礼をしたいと言っておる」

「お礼？」

「ここに埋まっとる魔力植物をくれるそうじゃ。アーロンには死んでもやりたくなかったが、怪我《けが》を治してくれたお主にであれば育てて渡しても構わんと」

「――本当ですか？」

「わん」

私が思わず尋ねると、犬型の精霊はこくこくと頷《うなず》いた。私は思わず目を輝《かがや》かせた。なにしろこの魔力植物は、滅多に手に入らないものなのだから。

犬型の精霊はすうっと息を吸い込み……

「わぉおおおおおおおおおおおおおん！」

真上に向かって遠吠えをする。その場の全員が慌てて耳を塞《ふさ》ぐ中、足元の地面が明るく輝《かがや》き始めた。その直後、そこに生える芽がにょきにょきと伸び始める。

「「あっ！」」

ベン氏とレンの調合師二人が同時に声を上げた。目の前の魔力植物がなにか気付いたようだ。

「わふー」

犬型の精霊は魔力植物を成長させると、満足そうに息を吐く。

そして私たちに向かってぺこりと頭を下げると……ぴょん、と土の中に潜り込んでしまった。まるで水の中に飛び込むような感じで。

「き、消えてしまいましたわ！」

「森に帰ったようじゃな。長く本体から離れておったし、一刻も早く戻りたかったんじゃろう」

目を丸くするブリジットの言葉に、ランドが説明する。森に帰ったって……土の中を潜って移動するなんて、あれも精霊の能力なんでしょうか？

一方レンとベン氏は、犬型の精霊が成長させた魔力植物に釘付けになっている。

「おいアリシア、これって……！」

「ええ、間違いない……とは思うんですが、できれば明るい場所で改めて確認したいですね」

「そうですね。都合よくここに鉢もありますし、一度これで上に持ち帰りましょう」

「「「？」」」

興奮のあまり早口で話し合う私たちに、調合師でないランド、ルーク、ブリジットが首を傾げていた。

▽

前工房長の私邸の一室で、鉢に移して持ち帰った魔力植物を改めて確認する。

「間違いありません……『賢者のミント』です」

信じられないというようにベン氏は言った。やっぱりそうでしたか。

それを覗《のぞ》き込みながらランドが尋ねてくる。

「アリシアよ。これはどういったものなんじゃ？」

「とても貴重な調合素材です。この賢者のミントを使えば、魔術ポーション……魔術系スキルのない人間でも、一回だけ魔術を使えるようになるポーションを作れます」

「魔術ポーション？」

「あー、あれか」

ランドはきょとんとし、ルークは納得したような声を出す。

魔術を使うためには、魔術系スキルを手にする必要がある。

魔術系スキルは【回復魔術】、各属性魔術などさまざまだ。

このスキルを生まれつき持っていない場合、魔術を使うには厳しい修業によってスキルを後天的に得なくてはならない。しかもスキルレベルⅠからスタートだ。

その点魔術ポーションを使えば、一回限定とはいえ誰でもすぐに魔術を使える。

貴族の護身用として人気の一品だ。

「確か、ポーションによって使えるようになる魔術が違うんだっけ？」

「そうですね。火属性の賢者のミントなら【ファイアボール】、水属性なら【アイシクル】……氷の槍《やり》を生み出すといった具合に、それぞれ決まった魔術しか使えません」

それでも十分すごい効果ではあるけれど。

「スキルなしに魔術が使えるようになるポーション、ですか……すごいですわね」

「使える魔術は限られているし、魔術の威力も控えめではあるけどな」

「それでも有用だと思いますわ。それが量産できれば領地の防衛に役立ちますわね……」

未来のシアン領主ブリジットが、レンの言葉を聞いて考え始める。

うーん、それはどうでしょう。私と同じ感想を抱いたらしいレンが口を開く。

「それは難しいと思うぜ、ブリジット」

「どうしてですの、レン様？」

「賢者のミントってのは、育てるのがめちゃくちゃ大変なんだ」

発芽には大量の魔力がいる。水だけでなく、魔力を毎日ぴったり規定量あげ続けなくてはならない。しかも大気中から余分に魔力を吸おうとするから、専用の鉢でそれを遮断する必要がある……

そんな苦労をレンが説明すると、ブリジットが難しい顔をした。

「むむ……大変ですのね」

「そうですね。とても大変です」

そう、賢者のミントの育てにくさは有名だ。

繊細な魔力コントロールができる人間が、毎日丁寧に世話をしてようやく育つ。機械的に量産できる技術が生まれれば、戦争の常識が変わるとすら言われている。

「こういうことなら、地下の状況にも説明がつきますね」

ベン氏の呟《つぶや》きに、私は頷《うなず》いた。

おそらくはこういうことだろう。

前工房長は、もともと禁制ポーションを作るために秘密の個人工房を持っていた。

そして前工房長はある日偶然、例の犬型の精霊を捕まえる。

犬型の精霊に魔力植物を成長させる能力があると気付いた前工房長は、その能力を利用できれば育成の難しい賢者のミントを量産できるのではと考えた。ところが犬型の精霊はそれを拒否し、うまくいかず……そうこうしているうちに前工房長は私の一件で衛兵に捕まった。

「やはりアリシア様に相談して正解でした。ありがとうございます」

「いえ、私は大したことはしていませんから」

今回頑張ってくれたのはランドとルークの二人だ。正直私はあまり役に立たなかったと思う。

「賢者のミントですが、うちの人間に『緑の薬師』まで届けさせるということでよろしいですか?」

ベン氏があっさりとそう告げてくる。

「いいんですか? とても貴重な素材なのに」

「例の精霊はアリシア様へのお礼として、あれを育ててくれたんでしょう? むしろアリシア様に持って行っていただかなくては困りますよ」

苦笑するベン氏。調合師なら喉から手が出るほど欲しい素材だろうに、なんていい人なんでしょうか……!

そんなふうに感動しつつも、やっぱりもともとはアーロン工房の敷地内にあったものなので、賢者のミントはベン氏にもいくつか引き取ってもらうことにした。結果として、三分の二ほどが私の元に来ることになった。

「よかったね、アリシア」

「はい!」

ルークの言葉に大きく頷《うなず》く。

そんなわけで、ベン氏からの相談事は私にとってメリットのある形で幕を下ろした。

▽

アーロン工房で犬型の精霊を解放した翌朝。

私が使っている作業台のそばに、賢者のミントが植えられた鉢が並んでいる。

壮観だ。

もうすぐ開店時間なので、今はやるべきことがいくらでもある。商品の在庫を作ることが最優先だ。それは重々わかっているけれど……

「……レン、少しだけ商品の調合を任せてもいいでしょうか？」

「はいはい。こっちはやっとくよ。今日はブリジットもこっちにいるしな」

「お任せくださいませ、お姉さま！」

「ありがとうございます、二人とも！」

やっぱり我慢できなかった。昨日はアーロン工房から戻ったあとなんだかんだ時間が取れず、調合できなかった。そのせいもあり、今、私の頭は賢者のミントという超稀少素材のことでいっぱいになっている。

工房で仕事中のレンとブリジットに声をかけてから、調合作業に入る。

「お姉さま、楽しそうですわ」

「あいつもう調合師っていうか、ただのポーションマニアだよな」

なんだかレンの呆《あき》れ声が聞こえる気がするけれど気にしない。

まずは素材をじっくり眺める。

「賢者のミントの属性は……雷と土ですか」

薄くまとっている魔力の光を見る限り、間違いないだろう。

さっそく下処理に入る。

せっかくだからEXランクで作ることにしよう。

魔力は多く使ってしまうけれど、素材の数は限られている。今後薄めることも考えて、できる限り高品質なものを作ったほうがいい。

まずは雷属性のものからだ。

賢者のミントの葉を摘み、台の上に置いて手をかざす。

目を閉じて素材の魔力の流れを感じながら、魔力を少しずつ込めていく。作業を始めてすぐに私は驚いた。かなりハイペースで魔力を流し込んでいるのに、まだまだ必要量に届く気配がない。魔力を込める下処理が必要な素材は他にもいくつかあるけれど、こんなことは初めてだ。

魔力を込める量を少しずつ、少しずつ増やしていき――


ビリィッ！

雷属性の魔力が発せられ、葉の表面に火花が散る。

ここで魔力供給を止め、成分を安定させるためにしばらく待つ。やがて鮮《あざ》やかな緑色だった葉の表面に金色の線がいくつも現れ始めた。葉の内部にある魔力を貯蔵する部位がこじ開けられ、魔力が葉を中で駆け巡っているのだ。ぱちぱちと爆ぜるような音が何度も響き、葉が黄金色に輝《かがや》く。

ここからは時間が勝負だ。かつて読んだ論文によれば、蓄えた大量の魔力を放出した賢者のミントは、すぐに自壊してしまうそうだ。私は手袋を二重に嵌《は》めた手で素早く賢者のミントを掴《つか》み、魔力水の入った瓶に投入する。すかさずスキルを発動。

「【調合】！」

瓶の中身がまばゆく輝《かがや》く。

さあ、うまくできただろうか？

『魔術ポーション（雷）ＥＸ』：魔術【ライトニング】が使えるようになるポーション。効果は一回限り。人の域を超えた効能。

よし、成功！

雷属性の対応する魔術は【ライトニング】。

その名の通り、かざした手から雷を撃ち出す魔術だ。

ポーションのランクがいくつでも、使える魔術はこの【ライトニング】のみ。けれどランクによって発動する魔術の威力が変わる。例えば『魔術ポーション（雷）Ⅰ』と『魔術ポーション

（雷）EX』を飲んだ場合、使える魔術は同じ【ライトニング】でも、後者の方がはるかに強力になる。

もう少し詳しく説明すると、魔術ポーションを飲めば、そのランクから二段階引いた魔術スキルを持っている状態になる。EXランクの魔術ポーションなら、【雷魔術Ⅳ】のスキル持ちと同じ、というように。魔術スキルには「魔力量を一時的に増やす」効果もあって、ポーションのランクによってこの魔力量の上がり幅が異なるからこそ、魔術の威力に差が出るのだ。

もっともそれも上乗せされるぶんの話なので、使用者がもともと持っている魔力量次第でまた変わってくるわけだけれど……細かい話は一旦忘れよう。まだ賢者のミントは残っていることだし、魔術ポーション作りが優先だ。

残った土の賢者のミントも使ってポーションを作る。

「レン、ブリジット！　見てください、魔術ポーションができました！」

「もうできたのか」

「すごい魔力を感じますわー……」

ブリジットが少しびくびくしている。

確かにこれには相当魔力を込めた。それを感じ取れるのはブリジットに魔術の才能があるからだろう。

「これを飲んだら魔術が使えるようになりますのね。せっかくですからお姉さま、一度飲んでみては――」

「「……！」」

「……あの、どうしてお姉さまとレン様は揃《そろ》って首を横に振りますの？」

私は魔力のコントロールが苦手だ。昔は魔石に魔力を込めようとして何度も爆発させていたほどである。

私がＥＸランクの魔術ポーションなんて飲んだら大変なことになる。

「これはなにかあったときのために、このまま取っておくつもりです。薄めるにしても、どのランクにするのかは状況によるでしょうし」

「なるほど、それはいい考えですわ！」

私の答えにブリジットは頷《うなず》くのだった。

▽

アリシアが「緑の薬師」の工房で魔術ポーションを調合していた頃――

「……なんだよ、これ」

冒険者パーティ「赤の大鷲」リーダーのオルグは、呆然として呟《つぶや》いた。

フォレス大森林で異常があったということで、オルグたちは冒険者ギルドから調査を依頼された。

異常というのは魔物の分布の変化だ。

フォレス大森林は基本的に森の奥に進むほど魔物が強くなっていく。しかし最近、強力な魔物が森の外周部付近で目撃されるケースが増えていた。この状況を放置すれば、森の外周部付近で活動する新人冒険者たちに被害が出かねない。

よってオルグ率いる「赤の大鷲」は、ここ数日フォレス大森林の内部を調査していたわけだが——森の奥で彼らが目の当たりにしたのは、大量の木々が枯れ落ちた空間だった。

フォレス大森林の豊かな自然は見る影もなく、その場所だけ地獄のような光景と化している。

さらに、彼らはその一角に動物の死骸を見つけた。

「腐ってる……のか？　生き物の死体がこんなに黒ずんでるのは初めて見るぞ」

仲間の一人が嫌そうに言う。

彼の視線の先にあるウサギの死骸はどす黒く変色している。

また、血反吐を吐いて苦しんだようで、あたり一帯に乾いた血が飛び散っている。

オルグはギルドから渡された特殊なケースにウサギの死骸を収める。

このケースは、中に入れたものによる悪影響を遮断できる魔道具だ。

「……とりあえずこれを持ち帰るぞ。冒険者ギルドの職員に鑑定してもらおう」

オルグの指示のもと、「赤の大鷲」はトリッドの街への帰路につく。

（……この森でなにが起きてるんだ？）

明らかに異常ななにかが森にいる。

今回の事態が簡単には終わらないことを、冒険者としてのオルグの勘が告げていた。

▽

「――駐屯地の兵士が全滅しただと⁉」

プロミアス領領主、トマス・プロミアスは部下からの報告に目を見開いた。

部下はトマスの様子に怯《おび》えながらも頷《うなず》いた。

「は、はい。正確には、数人は逃げのびたようですが……強力な魔物に襲われ、駐屯地を放棄せざるを得なかったとのことです」

「間違いないのだろうな⁉」

「は、はい」

「くそっ、この忙しいときに……！」

トマスは頭を抱えた。

なぜだ。

なぜ領内でこうもトラブルが起こる⁉

魔物の被害がどんどん増え、大商会であるスカーレル商会の支部にも出ていかれた。

また、支援してくれていた貴族も次々と手を引いていった。

アリシアを連れ戻しに行ったメリダ様も戻っていない。

魔物への対処、権力者たちを引き留める交渉などでトマスは疲れ切っていた。

睡眠薬と栄養剤でなんとか体をごまかしているほどだ。

そんな状況で駐屯地が全滅したなどと言われて、トマスは思考が破裂しそうになった。

(アリシアだ。あの出来の悪い娘を追放してからすべてがおかしくなった……!)

まさか駐屯地の兵士たちが言っていたことが正しかったのか?

本当にアリシアがポーションで領地を救っていたのか?

「と、トマス様。どうなさいますか?」

部下の言葉でトマスは我に返った。

今は勘当《かんどう》した娘のことなどどうでもいい。

目の前のことに対処しなくては。

「領都にいる兵士を集めろ! 俺が指揮を執《と》り、駐屯地を襲った魔物を討伐する! 早くしろ、このノロマが!」

「は、はい!」

部下を怒鳴《どな》りつけ、トマスは動き始めた。

▽

新種の魔物は駐屯地で体を丸めて眠っていた。

「ヒュドラか。報告にあった通りだな」

丘の上に陣取り、トマスは敵の姿を見て吐き捨てる。

ヒュドラは首を七つ持ち、毒のブレスを吐く巨竜だ。全長五十メートル弱もあり、その危険度はきわめて高い。沼地や湖といった自然豊かな場所の魔力溜まりから生まれるあの魔物は、過去にフォレス大森林でも出現した記録が残っている。

危険な相手だが、対策手段そのものは確立されている。

「治療班！　準備はいいな！」

「「は、はい！」」

トマスが率いてきたのは、領都から連れてきた精鋭兵士五十名。

それに加えて、領都や近隣の集落から連れてきた【回復魔術】スキルを持つ魔術師たち十名強だ。

ヒュドラ戦で重要なのは解毒要員。ヒュドラが吐く毒のブレスを無効化しながら戦うことで、討伐の成功率を大きく上げることができる。

人数合わせのために村医者のような者も連れてきた。

少々頼りないが仕方ない。

「トマス様。本当にこれでいいのですか？」

声をかけてきたのは、トマスが軍人だった頃からの副官ロブスンだ。

「どういう意味だ、ロブスン？」

「ヒュドラといえば毒のブレスが脅威とされています。回復魔術師も足りていませんし、ここは解毒ポーションを大量に用意したほうがよいかと」

解毒ポーション、という言葉にトマスの頭に血が上る。

「この愚か者が！　ポーションなどは軟弱者が頼るまやかしだ。二度とそのようなことを口にするな！」

「し、しかし」

「第一、魔物ごときに怯《おび》える必要などない。北部での戦争は過酷だった。あれに比べれば魔物との戦いなどごっこ遊びのようなものだ」

北の帝国との戦争で武勲を立て、トマスは出世した。

あのときのことを思うと、今でもトマスの胸の中にじんわりと興奮がよみがえってくる。

そうだ、自分は選ばれし強者なのだ。あんな図体だけの魔物ごときに後れをとるはずがない。

「トマス様、お考え直しを。あの魔物は駐屯地の兵士たちを全滅させたのです。普通の魔物ではありません」

「腑《ふ》抜《ぬ》けたことを言うな！　敵がどんな能力を持っていても、不屈の精神で立ち向かえばなんの問題もない！」

「……わかりました」

時代遅れの精神論を振りかざすトマスに、副官は諦めて口を閉ざした。

こうなったトマスはもう誰の意見も聞かないのだ。

「魔術班、用意！　――撃て！」

兵士のうち魔術スキルを持つ者たちが一斉に遠距離魔術を放つ。灼熱の炎、おびただしい数の雷の矢、極太の氷の槍《やり》――色とりどりの魔術が宙を走り、駐屯地で寝ているヒュドラに全弾命中した。

轟音《ごうおん》とともに粉塵が上がる。

トマスは内心でほくそ笑んだ。大きい相手はこれだから楽なのだ。あれだけ魔術を撃ち込まれれば即死、あるいは瀕死の状態に陥っているはず。それでも念には念を入れて号令をかける。

「今だ！　総員突撃ぃいいいい！」

トマスが先陣を切り、武器を持った兵士たちが駐屯地になだれ込む。

（……む？）

先頭のトマスになにかが迫ってくる。

気付いたときにはトマスの体は宙を舞っていた。

腹に強烈な一撃を受け、何メートルも吹き飛ばされる。

「ぐあああああ!?」

「トマス様！」

ロブスンが駆け寄ってくる。

トマスを殴り飛ばしたのはヒュドラの尾だった。

ヒュドラは確かに傷ついていた。しかしみるみる傷が塞《ふさ》がっていく。

ヒュドラには再生能力があるのだ。

『……スゥウッ――』

七つの首が一斉に深く息を吸い込む。

ブレスの予備動作だ。

ロブスンは慌てて叫んだ。

「た、退避！　退避しろ！」

しかし間に合わない。

トマスの指示で兵士たちは一塊になって突撃したため、うまく動けずにいる。

直前に殴り飛ばされていたトマスや、彼に駆け寄ったロブスンは偶然それを浴びずに済んだが、兵士の多くがまともにブレスを浴びてしまった。


「ぎゃあああああ！」

「痛い！　痛いっ！」

「早く解毒してくれえええ……！」


ブレスを浴びた部下たちはその場に倒れてのたうち回る。

「治療班！　早く解毒の魔術を――【アンチドート】を使え！」

まだ動けないトマスの代わりにロブスンが指示を出す。

このために連れてきた回復魔術師たちが呪文を唱え、兵士たちを癒《いや》そうとする。

――だが。

「なんでだよ……消えねえ、毒が消えねえよぉおお……！」

兵士たちの苦しむ声が止まらない。

「も、もう一度だ！　治療班、もう一度【アンチドート】を使え！」

ロブスンの命に従い、再度治療班の魔術師たちが【アンチドート】を行使する。

しかし結果は同じで、兵士たちは一向に回復しない。

(どうなっている……!?　ヒュドラのブレスは毒ではないのか!?)

人数合わせで連れてきた者はともかく、正規兵の中には高レベルの回復魔術師もいる。

それにもかかわらず一切兵士たちが回復しないということは、そもそも彼らが浴びたのは毒ではない可能性が高い。

ならば、目の前のヒュドラは一体なんだ？　まさか新種だとでもいうのか？

「チッ、毒ごときで動けなくなるとは役立たずどもめ……北部の戦争で俺が率いた部隊は、こんなにひ弱ではなかったぞ」

トマスが立ち上がり、大剣を振り回して叫ぶ。

ロブスンは唖然《あぜん》とした。——まだトマスは、あれがただのヒュドラだと思っている。

「貴様ら、もう一度突っ込め！　毒がどうした！　今こそ兵士としての誇りを見せるときだ！」

「トマス様、これ以上戦いを続けるのは無理です！　撤退《てったい》すべきです！」

「ふざけるな！　俺の指揮する軍に撤退《てったい》など許さん！　北部の戦争はそれでうまくいったのだ！

貴様らも俺に従え！」

「……ッ」

ふざけるな！

そう言いかけて、ロブスンは口をつぐむ。

トマスは昔から思い込みが激しく、他人の言葉を聞こうとしない。

戦争で彼が敵将を討ち取れたのは、たまたま相手が武人気質な人間で、トマスの一騎打ちの申し出に乗ってくれたからだ。

今回はあのときとは違う。逃げなくてはならない。このままでは壊滅してしまう。

だが、トマスに逆らえばおそろしい罰が待っている。

ロブスンや兵士たちは日頃からトマスにすさまじい折檻《せっかん》を加えられているため、彼への恐怖が刷り込まれているのだ。今も兵士たちはとんでもないことだと思っていながら、トマスの指示に従おうとしている。

「俺の領地をよくも荒らしてくれたな、トカゲめ！　殺してやるぞ！」

現実の見えていないトマスが叫んでいる。

ガンッ！

「ぐおっ!?　貴様、なにを……！」

ロブスンは後ろから不意打ちで殴りつけ、トマスを気絶させた。

ぎょっとする周囲に対し、トマスを引っ張りながら、ロブスンは指示を出した。

「突撃はするな！　撤退《てったい》だ！　倒れている者を可能な限り連れて領都に戻るぞ！」

「「はっ！」」

ロブスンの指示のもと、彼らは逃げ出すのだった。


領都に戻る途中、ロブスンは数名の兵士に指示を出した。

「今すぐ近隣の領地に事態を伝え、援軍を要請しろ。このままではプロミアス領は終わりだ」

「わ、わかりました」

「それから、シアン領のトリッドの街にも向かえ。あそこには『灼剣』と呼ばれるSランク冒険者がいるはずだ。彼にも協力を求めろ」

「はい！」

兵士たちは一団から離れ、それぞれの方向に走っていった。

第七章

私はいつものように冒険者ギルドにポーションを納品しに来ていた。

今回はルークが一緒だ。

冒険者ギルドに入ると、奥に人だかりができていた。

「なにかあったんでしょうか？」

「さあ？　ギルドの人に聞いてみる？」

ルークと首を傾げ合う。

「アリシア、丁度よかった！　今呼びに行こうと思ってたところなんだ」

人だかりの中心にいたオルグが私を見つけて声をかけてくる。

私を呼びに？　一体どういうことだろう。

「どうしたんですか？」

「まずはこれを見てくれ」

真剣な様子のオルグに連れられ、ルークとともにギルドの査定用カウンターまで行く。

そこには透明なケースに入れられたウサギの死骸があった。

体毛はどす黒く変色しており、目はなにかおそろしいものでも見たように見開かれている。

「ギルドの職員が【鑑定】スキルで確認したんだが、鑑定不能らしくてな。なんかの毒だとは思うんだが……アリシア、なにかわからないか？」

オルグの説明を聞きながら死骸に目を走らせ、私は答えた。

「……これはおそらく『呪い』です」

「呪い……!?」

「……おい、それは本気で言ってるのか、アリシア」

ルークが驚いたように、オルグは警戒心を高めたような声を出す。

「はい。【鑑定】でもわからなかったんでしょう？　呪いは肉体ではなく、魂そのものに作用します。よほど高レベルの【鑑定】持ちでなければわからないはず。それに昔書物で読んだ、呪いを受けた生物と外見が一致しています」

呪い、あるいは「呪詛」。

生物に害を及ぼすという点では毒と同じだけれど、呪いは肉体ではなく魂そのものに作用する。その結果、魂が宿る肉体と精神にも悪影響が出るのだ。

解呪するには解毒作用のある魔術やポーションではなく、専用の解呪ポーションが必要になる。

「け、けど、呪いなんて扱える魔物、そうそう湧かないはずだろ⁉」

「私もそう思いますが……」

呪いは凶悪だけれど、それを生み出すには膨大《ぼうだい》な魔力が必要になる。使える魔物なんて滅多にいない。そう思いながらも、私の脳裏に一つの可能性がちらつく。子どもの頃に王立図書館で読んだ書物に描かれた魔物の絵だ。

私はそのイメージを追い払うように頭を振った。

……いいえ、考えすぎです。確かにフォレス大森林には発生条件が揃《そろ》っているけれど、だからといって――

私が考えていると、バンッ！　と冒険者ギルドの扉が開かれた。

やってきたのは軽装の鎧《よろい》を身につけた兵士だ。

あの鎧《よろい》……プロミアス領の兵士に配られるものとよく似ている。いや、そのものだ。

兵士は肩で息をしながら叫んだ。

「『灼剣』殿はおられるか!?」

「俺になにか用か?」

オルグが前に出ると、兵士は続けた。

「プロミアス領に、ヒュドラが出現した！　毒に似たブレスを吐くが、解毒の魔術が効かない！

『灼剣』殿、貴殿に討伐隊に参加してもらいたい！」

ヒュドラ。

その名前に私は最悪の予想が当たったことを悟った。

兵士はよほど無茶な進み方でここまで来たのか、伝えきると気絶してしまった。

ルークが尋ねてくる。

「アリシア。今あの兵士が言ってたヒュドラっていうのは、例の呪いと関係はありそう?」

「おそらく呪いを撒き散らしている張本人でしょう。それもただのヒュドラではありません。呪詛《カース》ヒュドラ――単体で都市を滅ぼす強さを持つ、災害級の魔物です」

普通のヒュドラなら回復魔術師や解毒ポーションを大量に用意して戦えば済む。

しかし呪詛《カース》ヒュドラと戦う際は、解呪のすべを持たなくてはならない。

解呪の魔術や解呪ポーションは、解毒のそれと比べて作成と使用するタイミングの難易度がかなり高い。それが呪詛《カース》ヒュドラの危険度を押し上げている。

呪詛《カース》ヒュドラはフォレス大森林で生まれたのち、プロミアス領の方向に進んだんだろう。

そしてすでに森を出て、プロミアス領の領民の生活圏に入っている。

呪詛《カース》ヒュドラは存在するだけで生物や土地に呪いを振り撒く。

あの魔物が通った場所は数十年にわたって草一本生えない死の大地と化すという。

呪詛《カース》ヒュドラがプロミアス領に入ってどのくらい経つ？

犠牲者は何人出た？

まさかもう領都のそばまで進んでいるのでは？　そうなると被害状況は……

「アリシア、落ち着いて」

「は、はい……すみません、ルーク」

ルークの言う通りだ。まずは冷静にならないと。

「ルーク、すみませんがしばらく店を任せます」

「プロミアス領に行くつもり？」

「はい。私にはお母様との約束があります。二度と領地に戻るなとトマス様に言われていますが……この際気にしていられません」

すでに何人もの領民が呪詛《カース》ヒュドラによって呪いを受けているだろう。

私なら解呪ポーションを作り、彼らを救うことができる。

「じゃあ、俺も行こうかな。護衛として雇われてる身だしね」

「ルーク……ですが、本当に危ないですよ」

「そんな場所に行くならなおさら放っておけないよ」

苦笑しながらルークがそう言うのを聞き、オルグが眉をひそめる。

「なんだ？　アリシアはプロミアス領になにか縁でもあるのか？」

そういえば、オルグにはまだ話していなかった。

「私はプロミアス領主の娘だったんです。もう勘当《かんどう》されてしまっていますが」

「りょ、領主の娘ぇ⁉」

オルグの声が響き、周囲にいた冒険者たちも驚いたような顔で私を見てくる。

「……まさかと思うが、プロミアス領がここ数年平和だったのって」

「私が魔物除けを量産し、領内に行き渡らせていたからです。もちろんスカーレル商会や、現地の兵士たちの協力があってこそですが」

オルグは「なるほどな、いろいろと腑《ふ》に落ちたぜ……」と呟《つぶや》いた。

それから真剣な表情で頷《うなず》いた。

「よし、それじゃあ俺も行く。プロミアス領の兵士から依頼も受けたし……そろそろ右腕の借りも返しておきたかったんだ」

オルグはそう言って不敵に笑う。

「なるほど。アリシアの前で格好いい姿を見せるチャンスだもんね」

「ばっ、違ぇよルーク！　違うからな⁉」

ルークとオルグがそんなやり取りをしている。

この二人、いつからそんなに仲よくなったんでしょう？

「俺も行くぞ！」

「そうだな。アリシアのポーションには世話になってるし」

「ヒュドラなんて大物を倒したら一躍有名人だぜ！」

ルークとオルグに触発されてか、冒険者ギルドのあちこちから次々と声が上がる。私は慌てた。

「ま、待ってください！　本当に呪詛《カース》ヒュドラは危険な魔物なんですよ!?」

「そんなもん冒険者にとってはいつものことだ。アリシアがこの街に来てから、俺たちは質のいいポーションを安定して買えるようになった。お陰で助かった命もある。今こそその恩を返すときだぜ、なあみんな！」

「「「おう！」」」

ああ、なんだか収拾がつかなくなってきてしまった。

というかなんなんですか、この状況は。

これじゃあまるで私のためにみんなが動こうとしてくれているみたいだ。

「……申し訳ない気分です」

「そこは誇らしい気分、がいいんじゃない？　こういう人望も、アリシアがこの街で頑張って積み上げたものなわけだし」

ルークに言われて、そうならいいなと思う。

ここにいる全員、私のポーションで無傷で帰すと誓《ちか》おう。

▽

プロミアス領の伝令兵が目を覚ますまでの間、冒険者ギルドにいた面々は各自準備を整える。

「――というわけで、私はプロミアス領に向かいます」

私は店に戻って従業員の面々に事態を説明した。

「申し訳ありませんが、ランドはついてきてください。おそらく向こうでは大量のポーションを作ることになりますから」

「うむ、心得た」

ランドは私の申し出に頼もしく頷《うなず》いてくれる。

私は次に残り二人の従業員に声をかける。

「レンとブリジットはここで待機していてください」

「嫌だ」

「嫌ですわ」

まさか即答されるとは思わなかった。

「解呪ポーションなら俺も作れる。調合師は多いほうがいいだろ」

「私だって魔術でお役に立てますわ！」

まっすぐな目で、レンとブリジットがそう言ってくる。

しかし、さすがに年下の二人を連れていくのは人としてどうなんだろうか。

気持ちは嬉しいけれど……

「じゃあ、あたしが向こうできちんと見ておくわ。後方支援要員としてなら問題ないでしょう？」

「エリカ!?　いつからここに！」

いつの間に来たのか、店の中にエリカの姿があった。

エリカはこう続けた。

「話は聞いたわ。時間がないんでしょう？　台数に限りはあるけど、うちの馬車なら短時間でプロミアス領まで行けるわよ」

スカーレル商会にはスピード・持久力ともにきわめて優秀な馬や、それにふさわしい頑丈な馬車がある。人やものを高速で運送することにかけて、スカーレル商会の右に出る者はいない。

「エリカも協力してくれるんですか？」

「当たり前じゃない。友人のピンチなのよ？」

「エリカ……！」

「かかった費用とかもろもろはプロミアス領に吹っかけ——請求すればいいしね」

今なんだか不穏な言い間違いをされたような。

「エリカさんも来るの？　戦闘系スキルや【調合】、【回復魔術】を持ってるとか？」

ルークの質問にエリカは首を横に振る。

「持ってないわね。けど御者が足りないのよ。馬を操るだけなら、あたしはうちの支部の誰よりもうまいわよ」

「なるほど」

言うだけ言ったとばかりに、エリカは私に視線を向ける。

時間はない。

私はこの場の全員に頭を下げた。

「……プロミアス領を守るために力を貸してください。よろしくお願いします」

私が言うと、その場にいる全員が力強く頷《うなず》いた。

▽

解呪ポーションの材料は、トリッドの街にある工房や店から譲ってもらうことができた。

一緒に調合器具なども魔道具の鞄《かばん》に入れていく。

……念のため、これも持っておきましょう。

私は『魔術ポーション（雷）EX』、『魔術ポーション（土）EX』も鞄《かばん》に入れた。

使う機会がなければいいけれど、用心するに越したことはない。

よし、準備完了。

従業員のみんなとともに冒険者ギルドに向かう。

そこにはスカーレル商会の馬車がいくつも停まっていた。

これに乗ってプロミアス領に移動するのだ。

「アリシア様⁉　もしやアリシア様ではありませんが⁉」

こちらに駆け寄ってくる人がいる。

呪詛《カース》ヒュドラ出現を冒険者ギルドに報せに来たプロミアス兵だ。

「ええと、すみません。面識があったでしょうか？」

「直接お話ししたことはありませんが、領主様のご息女のことはわかりますよ」

「そうですか」

「はい。自分は領都に配属されていますが、フォレス大森林沿いの駐屯地に勤める同僚から、アリシア様の魔物除けのすごさを聞いておりました。プロミアス領が平和だったのはアリシア様のお陰だと。それで……それなのに……」

プロミアス兵は黙り込むと、その場に膝をついた。

「本当に申し訳ありません！　自分たち兵士が至らぬばかりに、アリシア様には多大なご苦労を強いてしまい……すべて自分たちの責任です！」

「か、顔を上げてください。私が追放されたことを言っているなら、あなたたちのせいではありません」

「いいえ、自分たちのせいです！　我々がトマス様にアリシア様の素晴らしさをお伝えできなかったのがすべて悪いのです！」

涙ながらに訴える兵士を責める気持ちなど湧かなかった。

むしろその言葉をありがたいと思った。

私がプロミアス領のために努力したことは、無駄ではなかったのだ。

「本当にいいんです。それに、トマス様を説得できなかったのは私も同じ。すでに領地を追われた身ですが、領主の元娘としてプロミアス領を救います。どうか力を貸してください」

「……ッ、はいっ！」

プロミアス兵は涙をぬぐい、敬礼をしてその場を去った。


そんな一幕がありつつ、プロミアス領に移動する準備は進んでいく。

スカーレル商会が用意してくれた馬車は八人乗りだ。

私と同じ馬車に乗るのは、ルーク、レン、ブリジットという店のメンバーと、オルグたち「赤の大鷲」四人だ。エリカも御者として同乗するので、いつもの顔ぶれとなった。ちなみにランドは小型化して魔道具の鞄《かばん》の中に入っている。

他の馬車にも、その場に集った冒険者たちが乗り込んでいく。

「準備はいいわね？　それじゃあ行くわよ！」

エリカが馬に鞭《むち》を入れ、馬車はプロミアス領目がけて動き出した。

「は、はや、はやいですわわわわ」

「ブリジット、大丈夫です。確かにかなりスピードは出ていますが、車体に衝撃吸収の魔術が付与されていますから。馬車が壊れて放り出されたりはしません」

ありえないスピードで流れていく窓の外の景色を見てブリジットが困惑しているので、そう説明しておく。

この車体は特殊な魔道具なので、馬がどんなにスピードを出しても壊れない。

ちなみに車体の作り方はスカーレル商会の機密である。

シアン領をフォレス大森林沿いに南下し、途中で東に進路を変える。

道中、フォレス大森林の木々が枯れてしまっている光景が見えた。

呪詛《カース》ヒュドラの影響だろう。

……本当にあの魔物が現れたのだ。

私たちが今向かっているのはプロミアス領の領都だ。そこで呪詛《カース》ヒュドラとの戦いで負傷した兵士たちを治療し、準備を整えてから呪詛《カース》ヒュドラに挑む。それが最短だとわかってはいるけれど……どうしても気が急いてしまう。

スカーレル商会の馬車のお陰で通常の何倍も速く街道を進み、私たちはプロミアス領の領都に辿り着いた。

外壁を抜ける際は、シアン領に来たプロミアス兵が衛兵に話をつけてくれた。

プロミアス兵の乗る馬車に先導され、領都の中を移動する。

久しぶりの領都だ。

懐かしさと同時に嫌な記憶がよみがえる。

「アリシア、顔色が悪いよ。大丈夫？」

「……大丈夫です」

ルークに心配されてしまった。

こんなことではいけない。もっとしっかりしないと。

馬車は兵士たちの詰め所へとやってきた。

詰め所の入り口付近に馬車を停め、乗っていた人間がぞろぞろと降りる。

「治療の心得がある者はこちらへ！　中に呪いを受けた者たちを寝かせてあります！」

冒険者たちは基本的に外で待機のようだ。

彼らは治療の場面にいてもすることはないだろうし、その間は休んでもらったほうがいい、ということだろう。

調合師の私とレンが詰め所に入る人間としてまず確定。

付き添いとしてエリカ、ランド、ルーク、ブリジットにも同行してもらうことにした。

「そ、それじゃ俺も――」

「お前は残れ、オルグ」

「……え～……」

ついてきてくれようとしていたオルグは、仲間の一人に腕をがしっと掴《つか》まれていた。

不満そうなオルグに、年長らしい仲間の男性は諭すように言う。

「冒険者ってのはいい加減なやつが多いんだから、誰かがまとめ役やらねえとだめだろうが。お前が適任だ」

「わかったよ……」

やや納得いかなそうではあったけれど、オルグは結局外に残ることになった。

オルグはパーティリーダーのはずだけれど、案外手綱を引かれる側なのかもしれない。

「こちらについてきてください」

プロミアス兵の案内で兵士の詰め所へと入る。

詰め所は宿舎なども併設しており、敷地内には修練用のグラウンドもある。

そこに天幕が張られ、中には呪いを受けた兵士が寝かされているようだ。

その場の兵士たちが私を見て声を上げる。

「アリシア様……？　本当にアリシア様か⁉」

「ああ、アリシア様が来てくれたんだ！」

「これで患者たちも助かるぞ！」

連絡役を務めたプロミアス兵同様、兵士たちの多くが私のことを知ってくれているようだ。

それなら話が早い。

看病をしていた兵士に状況を聞く。

「患者たちの状態はどのような感じですか？」

「はい。ヒュドラの毒のブレスを浴び、意識不明となった患者が三十名ほどいます。【アンチドート】の魔術で解毒を試みていますが、効果が出ず……このままでは、あと数時間ももたないでしょう」

「ポーションは試さなかったんですか？」

「……領主様のご意向で、使用を禁じられています」

悔しそうに唸《うな》る兵士。

トマス様はこんな状況でも頑なにポーションの使用を認めていないようだ。

「わかりました。すぐに治療に取り掛かります」

寝かされている兵士たちの様子を間近で確認する。

やはり昔書物で読んだ呪いの被害者そのものだ。

作るものは解呪ポーションでいいはず。ランクは……Ⅳで事足りそうだ。

調合器具や素材を、魔道具の鞄《かばん》から取り出していく。

兵士は緊張した面持ちで言った。

「アリシア様。この状況ですから、領主様のお考えに逆らってポーションを使うことにためらいはありません。しかし、この場を領主様に見つかれば大変なことになるでしょう」

「わかっています。すぐに調合を済ませてこの場を出ていくつもりです」

兵士たちが寝かされているのが詰め所でよかった。

これか領主の屋敷の中庭だったりしたら、さすがに打つ手はなかった。

「レン、手伝ってください」

「ああ！」

解呪ポーションの材料である、ヒラギ草をすり潰そうとしたとき――

「アリシア？　貴様、アリシアだな！　こんなところでなにをしている、この疫病神め！」


背後から聞こえた怒声に私は肩をこわばらせた。

トマス様だ。どうしてあの人がここに⁉

兵士の一人が呆然と尋ねる。

「と、トマス様……なぜここに……？」

「決まっているだろう！　毒ごときで寝込んでいる軟弱な兵士たちを、叩き起こしに来たのだ！

ヒュドラはさっさと倒さねばならん！　こんなところで寝ている場合ではない！」

「む、無理です！　そんなことをすれば、今度こそみんな死んでしまいます！」

「弱気なことを言うな！　そんなことだから敗走する羽目《はめ》になるのだ！」

兵士に喚《わめ》き散らすトマス様。

ああ、なにも変わっていない。

時代遅れの精神論も身勝手さも昔のままだ。

こんなに苦しんでいる兵士たちを見て、どうして「毒ごときで」なんて言えるのか。

「アリシア、見ろ！　お前のせいだ！　お前が無責任にポーションなどを撒き散らしたせいで、兵士たちは弱くなったのだ！　どう責任を取るつもりだ⁉」

鬱憤《うっぷん》を晴らすようにトマス様が叫ぶ。

なぜかこの状況は私のせいだと思っているようだ。

どうやったらそんな考えになるのか理解できない。

「フン、またポーションか。いい加減にしろ、このペテン師め！」

トマス様は、じろりと地面に広げた調合器具を見下ろした。

そして大剣を抜き、トマス様は調合器具を目がけて振り下ろそうとする。

だめだ！　これが壊されると兵士を救えなくなる！

私は咄嗟《とっさ》に調合器具に覆《おお》いかぶさるように身を投げ出し——直後、ガキンッ！　と音がした。

「……なんだ、貴様」

「護衛役ですよ。アリシアに手を出されては困ります」

ルークが私とトマス様の間に割って入り、大剣を受け止めたのだ。

た、助かった。ルークが庇ってくれなかったら大怪我《おおけが》では済まなかっただろう。

「アリシア、大丈夫か!?」

「は、はい」

心配してくれるランドに頷《うなず》きを返す。

大丈夫だったけれど、今のは本当に死ぬかもしれなかった。

私も。

解呪を待つ兵士たちも。

トマス様の、思い込みが激しくて、身勝手で、横暴な性格のせいで。

「……」

——ぷつん、と私の頭の奥で変な音が鳴った。

「あんたねえ！」

「今のは許せませんわ！」

エリカとブリジットが目を吊り上げて怒ってくれようとするけれど、私はそれを手で制した。

ゆっくりと立ち上がり、ルークの前に出る。

「アリシア……？」

ルークの心配するような声を聞きながら、私はトマス様の正面に立ち、

「……いい加減にしてください、馬鹿領主」


自分でも意外なほど低い声で言った。

トマス様が唖然《あぜん》として目を見開いた。

「なに？　今なんと言った？　娘の分際で——」

「誰があなたの娘ですか？　自分から私を勘当《かんどう》したくせに、都合のいいときだけ父親面しないでください」

「なっ！」

「わかっているんですか？　呪詛《カース》ヒュドラに領内まで侵入されたのはあなたのせいです。魔物除けをきちんと使っていれば、兵士たちは万全の状態で巡回できました。呪詛《カース》ヒュドラは移動速度が遅く、周りを腐らせるため居場所が遠くからでもすぐわかります。ここまで対応が遅れているのは、あなたが兵士たちにポーションの使用を禁じたことが原因です」

もっと早く呪詛《カース》ヒュドラに気付けていれば手の打ちようもあったのだ。

それがまんまと領内に侵入され、しかもトマス様が対応を間違ったせいで被害が増えた。

「貴様、誰に向かって口を利いている！」

「だいたい呪詛《カース》ヒュドラより前から魔物の被害は増えていたでしょう。報告も上がっていたはずです。なぜ対策をとらなかったんですか？」

「あんなものは偶然だ！　兵士がきちんと巡回していれば被害など増えなかった！」

「偶然なわけがないのは、少し考えればわかるはずです。兵士の声に耳を貸しましたか？　あなたの頭が固いせいで、無駄に被害を増やしたのではないんですか？」

「し、知ったような口を利きおって……！」

トマス様がもう少し思慮深ければ。

人の話に耳を傾ける器の大きさがあれば。

思い浮かんだ自分の考えに首を振る。

――私がそんな考えだからだめだったのだ。

この人には期待するだけ無駄だ。なにを言っても聞こうとしないのだから。

私は魔道具の鞄《かばん》から素早くヒカリゴケを取り出した。
魔力を溜め込むこのコケには、一つ特徴がある。
ヒカリゴケをトマス様の前に突き出し、素早く手の中で握り潰す。
すると、カッ！　と一瞬だけ強烈な閃光を放った。
「ぐおぉ!?」
目くらましにあったトマス様が一瞬だけ動きを止める。
目を閉じて閃光を回避した私は、硬直したトマス様のある一点に狙いを定めた。
足を振り上げる。

「──今から兵士たちの治療をするところなんです！　人の邪魔しかできないなら割り込んで来ないでください、このわからず屋！」

キンッ。
そんな幻聴が響いた。
……私がどこを蹴《け》ったのかは明言しないでおく。
「うぐぉおおおあああ……！　あ、あり、アリシア、貴様ぁああ……！」
情けない姿勢で倒れ伏すトマス様。
私は彼を無視して近くの兵士に声をかける。

「この人を拘束して適当な場所に放り込んでおいてください」

すると、すっと出てきた別の兵士がトマス様をあっさり引きずっていった。

あの人は、確かトマス様の右腕の……ロブスンという人物だっただろうか。

あ、こっちを見て親指を立てている。

やはり彼もいろいろ思うところがあったんだろう。

「……アリシアってすごいなー」

「うむ。よい一撃であった」

「お、おれは下腹が痛くなってきた……」

「あっはははは！　さ、最高……あははは」

「眩《まぶ》しくて見えませんわ！　なにがあったんですの！」

ルーク、ランド、レン、エリカ、ブリジットは一連の流れにそんな反応をする。

私はそれを聞きつつ、兵士たちにこう宣言した。

「これから治療用のポーションを作ります！　全員必ず治しますから、少しだけ待っていてください！」

「「うぉおおおおおお！　アリシア様万歳！　アリシア様万歳！　アリシア様万歳!!」」

兵士たちの大合唱。

うん。

やはりあの人、嫌われていたんですね……

▽

さあ、解呪ポーションの調合だ。
まずは退魔ポーションのときにも使ったライトリーフ。蒸留酒に数分浸し、綺麗な水で洗って水気を切ったものをガラス瓶の中に入れる。

ちゃぽんっ。

次はさっきトマス様に目くらましとして使ったヒカリゴケだ。一掴《ひとつか》み分を水の入ったビーカーに沈め、加熱しつつゆっくり混ぜる。
あまり勢いよく混ぜすぎると、さっきのように閃光を放ち、内部の魔力を失ってしまうので注意が必要だ。

ぐるぐるぐるぐる……

水にヒカリゴケ特有の黄緑色が移ったら、この工程は終了。
最後はヒラギ草だ。

この素材の特徴は葉のあちこちから飛び出す棘《とげ》。ヒラギ草の葉には強い浄化作用がある反面、この棘《とげ》には強い神経毒が含まれている。うっかり指でも刺そうものなら、丸一日はまともに手を動かせなくなるだろう。私は慎重に棘《とげ》を引き抜き、軽く水洗いをしてからヒラギ草をすり潰していく。

ごりごりごりごり。


「アリシア。抜き終わったヒラギ草の棘《とげ》はおれのほうで集めておくからな。うっかり腕とか引っ掻《か》いたりするなよ」

「はい。ありがとうございます、レン」

毒を含むヒラギ草の棘《とげ》を、厚手の手袋をしたレンが布袋に入れていく。それが終わると、てきぱきと他の解呪ポーションの材料やポーション瓶を手に取りやすい位置に配置してくれる。レンが調合をサポートしてくれるお陰で、作業が普段より圧倒的に速く進む。

それでは仕上げだ。すべての材料を魔力水入りのガラス瓶に入れる。

「【調合】！」

瓶の内部が輝《かがや》き、調合作業が終了する。

『解呪ポーションV』：呪いを解除するポーション。とても高い効能。

よし、完成だ。

これを水で薄めてランクをⅣまで落とし、寝込んでいる兵士たちに配る。

ポーションの中にはかけるだけで効果があるものもあるけれど、呪いは魂に影響するので飲まないとだめだ。看病の兵士たちに、患者に飲ませてもらおう。

うまくいくといいけれど——


「くっ……俺はもうだめだ……」

「諦めるな！　アリシア様のポーションを飲めば治るんだ！」

「もう自力では飲めない……でも、口移しなら……アリシア様が口移ししてくれるなら……」

「わかった！　口移しだな！　俺に任せろ！　……んっ……（※身長百九十センチ、体重九十八キロ／プロミアス兵男性）」

「いや、違っ……！　俺はアリシア様にしてもらいたいと……ぐふぅぅうう——な、治ったぁああああああああ!?」


なんだか各所が騒がしい気もするけれど、まあ回復しているようなので気にしないでおこう。

そこで、レンが私に声をかけてくる。

「アリシア、いろいろあって疲れただろ。あとのことは俺らがやっとくから、お前は外でちょっと休んでろよ」

「は、はい。ありがとうございます」

せっかく気を遣ってもらったので、ありがたく天幕の外に出る。

確かに疲れたかもしれない。

調合はともかく、トマス様に歯向かったのは人生で初めてだ。

「お疲れ、アリシア」

エリカが天幕から出てきて、私の隣に並ぶ。

「いやー、それにしてもなかなか気持ちのいい一撃だったわ」

「トマス様のことですか？　……ああするしか方法が思いつかなかったので」

「あれでよかったと思うわよ。でなきゃ治療もできなかっただろうし」

私は「そうですね」と頷《うなず》き、半ば独り言のように続けた。

「今までずっと、私はトマス様のことが怖かったんです。だからどんなに酷《ひど》いことをされても逆らえませんでした。ですが、今回のことでそれではだめだと気付きました。私には、あの人に立ち向かう覚悟が足りていませんでした……」

トマス様にプロミアス領を追放されたとき。

私は、私が領地を出て行けばプロミアス領が危なくなることはわかっていた。

しかしそれでも大人しく命令に従い、領地を出た。

トマス様がおそろしくて仕方なかったからだ。

「ですが……トリッドの街でいろんな経験をして、トマス様と戦う覚悟ができました。あの街で出会ったみんなや、エリカのお陰です。本当にありがとうございます」

エリカが目を瞬《またた》かせた。

「トリッドの街であんたが修羅場をくぐったのは知ってるけど……なんであたし？」

「反論するとき、エリカを参考に啖呵《たんか》を切ってみました」

「……なんか微妙に嬉しくないわね」

複雑そうな顔をするエリカ。

あれはあれで私にはありがたかったんですが。

「とにかく、私はもういろいろと吹っ切れました。トマス様はあとでなにかしてくるかもしれませんが、もう怖がったりしません。私は最後までこのプロミアス領のために動きます」

「……あんた、本当に変わったのね」

やる気を表明する私に、エリカが優しく微笑んでそう言った。

▽

兵士たちの治療が終わったあと、詰め所の会議室で話し合いを行う。

兵士のリーダーであるロブスン、冒険者の各パーティのリーダー、呪詛《カース》ヒュドラの情報を持っている私、人・物資の輸送担当責任者としてエリカ、というメンバーだ。

ちなみにルークたちは天幕で兵士たちの看病をしているため不参加である。

「改めて、アリシア様。兵士たちを救っていただきありがとうございます」

ロブスンにお礼を言われる。

「いえ、当然のことです。……それよりトマス様はどうしていますか？」

「縄で両手両足を縛って、適当な部屋に放り込んであります」

「そ、そうですか」

「反逆罪もいいところですな、ははは」

反逆罪、という言葉に私は血の気が引く。

「……すみません。協力させてしまって。あなたにはこれからの立場もあるのに」

「いえいえ。トマス様に正面から言い返すあなたを見て、私は自分の不甲斐なさに気付いたのです。領地を追われることになっても構いません。最後に、あなたの力になれれば」

覚悟を決めた目でロブスンはそう言った。

「おっ、なかなかいいこと言うじゃんおっさん。もし領地を追い出されたら、冒険者になれよ。楽しいぜ？」

「はは、それもいいかもしれんな」

冒険者の一人が言うと、ロブスンはそう言って晴れやかに笑った。

どうやら本当に吹っ切れてしまったようだ。

なら、これ以上私がどうこう言うのもよくないだろう。

話を戻すようにオルグが質問してくる。

「それでアリシア、結局呪詛《カース》ヒュドラってのはどんな魔物なんだ？」

「その名の通り、呪いを操る災害級の魔物です。厄介な特徴が三つ。まず、呪いを振り撒く能力。これを浴びると生き物や土地が衰弱します」

呪いは生物の魂に悪影響を及ぼすものだ。

だから土地に影響が出る理由はわかっていないけれど……私が読んだ書籍の著者いわく、土の中にいる微小な生物を攻撃しているのでは、とのことだ。

「次に再生能力。傷を負っても空気中の魔力を吸い集めて、すぐに治してしまいます」

冒険者の一人が嫌そうに口元をゆがめる。

「それじゃあ、どんなに斬っても倒せねえってことか？」

「いえ、急所を潰せば別です。呪詛《カース》ヒュドラは体のどこかに『核』があります。それを破壊すれば再生は起こりません」

「その核を狙えばいいってことか」

「その通りです」

過去に呪詛《カース》ヒュドラを討伐した部隊も、核を狙って倒したとされている。

「ちなみに核の外見はこのようなものです」

情報共有のため、会議室の黒板に図を描いておく。

これで実際呪詛《カース》ヒュドラと戦う際、みんなやりやすくなるはずだ。

「最後の特徴ですが、呪詛《カース》ヒュドラは魔力を含んだ生き物のみを襲うとされています。主に魔物と人間ですね。特に人間の味を覚えた個体は人間ばかり狙うようになるようです」

ごくり、とその場の全員が息をのむ。

ここで敗北すれば、自分たちがどうなるかを想像してしまったからだろう。

私はロブスンに視線を向ける。

「呪詛《カース》ヒュドラは今どこに？」

「見張りの報告によれば、フォレス大森林沿いの駐屯地から動いていないそうです」

「では、近隣の村にすぐに避難するよう指示を出してください」

「わかりました」

ロブスンはすぐに部下を呼び、近隣の村を回って避難指示をするよう命じた。

私は説明を続ける。

「呪詛《カース》ヒュドラが駐屯地を動いていないのは……おそらく、亡くなった駐屯地の兵士たちを食べているからでしょう。ですが、食事が終われば次の獲物を探して動き出すはず。それまでになんとしても倒さなくてはなりません」

その場の全員が頷《うなず》く。

「……それで、私に考えがあるんですが……一応聞くだけ聞いてもらえますか？」

「「「……」」」

私は自分の考えを話す。

「や、やっぱり無理がありますよね。すみません、忘れて――」

「いや、それでいいぜ」

オルグがそう言った。

「しかし、自分で言っておいてなんですが、この作戦はかなり荒技です。みんなには相当な負担がかかりますし、私を完全に信じてもらわないといけませんし……」

「そうだな。けど、少なくとも俺はアリシアに腕を治してもらった。あのときから、お前の治療の腕は完全に信頼してる」

「オルグ……」

そんなオルグの言葉を呼び水に、他の冒険者や、ロブスンまでも同意の声を上げる。

「そうだな。アリシアのポーションなら間違いねえ！」

「構いません。部下の兵士たちも反対はしないでしょう」

彼らのまっすぐな目を見て、私も覚悟を決めた。

「わかりました。それではこの作戦でいきます。援軍を待って準備を整え次第、呪詛《カース》ヒュドラの元に向かいましょう」

「「「おうっ！」」」

その場の全員がやる気を示すように声を揃《そろ》えた。

そこから一日かけて準備を整える。

近隣の領地を巡ってかき集めた援軍を足して部隊を再編制する。

全員を集めて作戦説明。

さらに作戦の成功率を上げるため、こんなこともしてみた。

「魔力の高い人はこちらに来てください！　魔術スキルは持ってなくてもいいです！」

「「「？」」」

集まった人に魔力計測用の魔道具を使ってもらい、魔力の高い人間を集める。

「戦闘が始まる直前にこれを飲んでください」

私は彼らに琥珀《こはく》色のポーションを渡す。

集まった人の一人が不思議そうな顔をする。

「あの、これは……？」

「『魔術ポーション（土）Ｖ』です。【土魔術Ⅲ】相当の【ロックスパイク】――岩の杭《くい》を生み出す魔術を、一回限りですが使えるようになります」

「ま、ままま、魔術ポーション⁉　しかもランクＶ⁉　こんなものどうやって……」

「私が作りました」

「えええええええええ⁉」

という感じで、魔術ポーションを使って即席の魔術部隊を作ってみた。

ＥＸランクのものを薄めてランクＶにし、使える人数を増やした。呪詛《カース》ヒュドラ戦で牽制《けんせい》くらいにはなるだろう。

他の領地からやってきた援軍には、最初私の作戦に反対している者もいた。領主代理発案《ロブスン》、ということにしていたけれど、それでもだめだった。

そんな彼らも、この一件がきっかけで私の言うことに耳を貸してくれるようになった。

全幅の、とまではいかなくとも、ある程度は信頼してもらえたと思っていいだろう。

ちなみに『魔術ポーション（雷）ＥＸ』は私が持っている。

なにが起こるかわからないから、奥の手というわけだ。

それが済んだら、あとはひたすら調合素材の下処理だ。

レンに手伝ってもらいながら、解呪ポーションの素材を処理していく。

そうこうしていると。

「報告します！　呪詛《カース》ヒュドラが駐屯地から動き出しました！　南下し、領都方面に向かっているようです！」

呪詛《カース》ヒュドラを見張っていた兵士からの報告があった。

「……行きましょう」

調合素材を魔道具の鞄《かばん》にしまい、準備を終える。

それから少しあと、呪詛《カース》ヒュドラの討伐隊である四百名ほどが領都を出た。

▽

馬車で領都から北に向かい、呪詛《カース》ヒュドラを目指す。

数時間の移動でその姿を確認できた。

どす黒い鱗に全身を覆《おお》われた、七つの首を持つ禍々《まがまが》しい竜。

間違いなく呪詛《カース》ヒュドラだ。

すさまじい巨体であり、それぞれの頭部が五メートルほどもある。

指揮を執《と》るのはロブスンだ。

「魔術班！　——撃てぇえっ！」

魔術に秀でた人員が、それぞれ得意な攻撃魔術を放つ。

「「「【ロックスパイク】！」」」

私の魔術ポーションを使っている急造部隊も、呪詛《カース》ヒュドラの足元に巨大な岩の杭《くい》を発生させて援護している。魔力の高い人間を選んでポーションを配ったので、その攻撃力は魔術スキル持ちにも劣らない。

ちなみにもっとも高威力の魔術を使っているのはというと。

「【ゲイルキャノン】ですわ————っ！」

「「「この子ども強ぇえええええええええ!?」」」

まさかのブリジットである。

風魔術で作った砲弾を飛ばし、呪詛《カース》ヒュドラの頭部一つを大きくのけ反らせた。

連れてくるかどうかはかなり迷ったけれど……ついてきてもらって正解だったようだ。

ちなみに保護者として、エリカがブリジットを見張っている。

『ガルァアッ……』

呪詛《カース》ヒュドラが魔術を受けて怯《ひる》む。

「今だ！　突撃し距離を詰めろ！」

「「おおおおおおおおおおおおおおっ！」」

冒険者や兵士たちの白兵要員が呪詛《カース》ヒュドラに突っ込んでいく。

対してヒュドラは彼らが近づいてくるまでに再生を行い、大きく息を吸い込む。

『ヒュウウッ――』

ブレスの前兆だ。

そして、突っ込んでいた白兵要員たち目がけて、ゴオッ！　と容赦なく呪いのブレスを浴びせた。

白兵要員は耐えきれずにその場に崩れ落ちる。

ここまではトマス様が指揮を執《と》った前回と同じ流れ。

違うのはここからだ。

「ランド、魔力水を！」

「心得た！」

私は呪詛《カース》ヒュドラから離れた位置に、巨大化したランドとともに立っている。

ランドは水を操る能力で、魔力水を作って空中に浮かべた。

その中に私は事前に下処理をしておいた解呪ポーションの材料を放り込む。

本来ならポーションを作るには容器が必要だけれど、ランドの能力があれば空中に浮かべた水を
そのままポーションにできる。

私は思いきり魔力を込めて――

「【調合】！」


『解呪ポーションＥＸ』：呪いを解除するポーション。人の域を超えた効能。


よし、うまくいった！

「ランド、それを薄めて呪詛《カース》ヒュドラの真上に飛ばしてください！」

「うむ！　行くぞ……！」

ランドは空中にとどめた解呪ポーションの塊に水を追加し、ランクⅣまで薄める。

それを呪詛《カース》ヒュドラの真上まで飛ばし――操作を中断。

ランドの操作を失った解呪ポーションの巨大な塊は、雨のように降り注ぐ。

『ガァッ……？』

呪詛《カース》ヒュドラは怪訝《けげん》そうに上を見るが、これは攻撃のためのものじゃない。

「治った……!?」

「ははっ、さすがアリシア様だ！」

「本当にポーションの雨を降らせやがった！」


ブレスを浴びていた白兵要員たちが、呪いから解放されて立ち上がる。

すでに武器が届く距離だ。私の近くにいるロブスンが、感嘆とも呆《あき》れともつかないような表情を浮かべる。

「アリシア様のすさまじさは、十分理解しているつもりでしたが……実際にこの光景を見ると目を疑ってしまいます。呪いのブレスを浴びた瞬間に癒《いや》すなど、もはや神の御業《みわざ》に等しいでしょうに」

ロブスンが口にしたことが、私の提案した作戦の内容だ。

呪いのブレスはきわめて強力であり、おまけに盾では防ぎきれない。ならば、受けたそばから治してしまえ、という理屈である。

「ですが、欠点もあります。すぐに治療されるとわかっていても、呪いのブレスを浴びるのは相当な恐怖でしょう。彼らには、その恐怖に耐えてもらう必要があります」

この作戦では、白兵要員には何度か呪いのブレスを浴びてもらうことになる。

だからこそ私を信頼してもらわなくてはならない。

彼らは私のことを信じ、それに今、私は応えることができた。

私は叫んだ。

「どんなに呪いを浴びても、絶対に治します！　だから、みんな全力で戦ってださい!!」

「「「うぉおおおおおおおおおおおおおおおおおおおっ!!」」」

白兵要員からも応じるような叫び声が上がる。

「「「アリシア様最高ぉおおおおおおおおおおおおおおお！」」」

……ん？

「あの、ロブスンさん……後半の叫び声は一体……」

「兵士たちがおそろしい敵と戦える理由は、正直やる気と勢いです。アリシア様のような可憐《かれん》な女性が戦場にいることで、彼らはやる気がみなぎるのです」

「う、うーん……いや、まあ、やる気を出してくれるのは嬉しいんですが」

な、なんでしょう。

最高だとか可憐《かれん》だとか、そういう扱いには慣れていないので、なんだかぞわぞわするんですが。

戦いが終わったら、彼らにキラキラした笑顔でも振り撒きながら労《ねぎら》うべきなのか。

……私が？　いや、それは……いくら感謝の気持ちが本物とはいえ……

「アリシア、なに目を回しておる。本格的な戦いが始まるぞ」

「あ、はい」

ランドの声に我に返った私は、再び視線を前に向けた。

白兵要員は七つの小部隊に分かれ、呪詛《カース》ヒュドラの首一つずつを担当する。

首を落とせばブレスは吐かれなくなる。そうやって相手を弱体化させ、呪詛《カース》ヒュドラの核を探すのだ。

最初に呪詛《カース》ヒュドラの首を落としたのは――オルグだった。

「おおおおおおおおおおおおおおおおおああああッ！」

大剣を振るい、オルグが呪詛《カース》ヒュドラの首の一つを斬り飛ばす。

直後、ボッ！　と切断面が発火した。

オルグの大剣の刃の部分には炎が帯のように巻き付いている。

「彼が『灼剣』ですか。古代竜《エンシェントドラゴン》の牙から作った大剣は炎を宿し、強い魔物であればあるほどその切れ味を増すという……素晴らしい腕前ですな」

ロブスンがオルグの戦いぶりを見てそう評した。

やっぱり有名人なんですね、オルグは。

私から見ても強さが全体の中で頭一つ抜けていると思う。

……普段は親しみやすいから、こういった一面は正直言って衝撃的だ。

続いてプロミアス兵の小部隊が首を落とす。

その数秒後、三番目に首を落としたのはルークだった。

「……のう、アリシア。ルークのやつ、魔物相手は苦手と言っておったよな？」

「い、言っていました。なんですか今の……一回斬ったところを、寸分たがわずもう一度斬りつけていたように見えましたが……」

ランドと二人で同僚の戦いぶりにそう言い合う。

本当にあの人物は底知れない。

『ガァアアアアアアアアアアアアア！』

咆哮《ほうこう》を上げる呪詛《カース》ヒュドラを見て、ロブスンが声を張り上げる。

「ブレスが来るぞ！　避けずに受けろ！　……アリシア様、ポーションを！」

「任せてください！　【調合】！　――ランド！」

「うむ！　そら、受け取れ人間どもよ！」

呪詛《カース》ヒュドラのブレスに合わせて再び解呪ポーションの雨を降らせる。

戦いはこちらが優勢に進む。

呪いのブレスは私のポーションで対処し、攻撃面はオルグとルークをはじめとする白兵要員が完璧な働きを見せる。

戦いを始めてしばらく、そのときは来た。

「見つけた！　核だ！」

冒険者の一人が叫んだ。

呪詛《カース》ヒュドラの胴体の傷の奥に、ドクドクと脈打つ核が露出している。

あれを潰せば戦いが終わる！

私がそう思ったのと同時に、呪詛《カース》ヒュドラはぎらりと目を光らせた。

『ガルァアアアアアアアアアアアアアアアアアアアア!!』

……再生が止まった？　なぜ？

嫌な予感を覚える私の視線の先で、呪詛《カース》ヒュドラが前脚を大きく振り上げた。

呪詛《カース》ヒュドラの前脚が地面に叩きつけられた瞬間、砂煙とともに禍々《まがまが》しい光が撒き散らされる。

黒い津波のように見えるそれは濃密な呪いの奔流《ほんりゅう》だ。近くにいた冒険者と兵士がそれに呑み込まれ、押し返される。

黒い光が消えたあとには、倒れ伏す白兵要員の姿があった。

もがき苦しむ彼らの数は一人や二人ではない。絶句する私に、焦りをにじませた声でロブスンが叫んだ。

「アリシア様、ポーションを！」

「は、はい！」

ロブスンの指揮に合わせて解呪ポーションの雨を降らせる。

しかし効果がない。

まさか……呪いの効果が上がっている？

「再生をやめたのは、呪いの生成に全力を使ったからですか……!?」

まさに捨て身の攻撃。呪詛《カース》ヒュドラも追い詰められている。

ランクV以上の解呪ポーションで雨を降らせるのはさすがに無理だ。時間をかければ可能だけれど、そんなことをしている間に白兵要員たちが踏み潰されてしまう。

あれを使うべきだろうか？

「げほっ……」

「アリシア！」

ランドの心配そうな声に、大丈夫です、と応じる。

魔力が足りない。

ＥＸランクのポーションは一つ作るのに膨大《ぼうだい》な魔力がいるのだ。こんなに何度も作っていたら無理が出るのも当然だ。

けれど、私はトリッドの街を出る前、協力者全員を無傷で帰すと誓《ちか》った。

それを破るつもりはない。

魔道具の鞄《かばん》から二本のポーション瓶を取り出す。

片方は魔力を回復させるマナポーション。もう一つは雷属性の魔術ポーション。

まずはマナポーションを飲み干す。

「うぐ……」

マナポーションは魔力を回復させてくれるが、副作用もある。

異物の魔力を取り込む際に拒否反応が出るのだ。

それを乗り越え、今度は『魔術ポーション（雷）ＥＸ』を飲む。

瞬間、私の手に魔力の火花が散った。

バチッ、バチッ、と私の手の中で炸裂音が音量を上げていく。

『ガァアッ……！』

呪詛《カース》ヒュドラが獰猛《どうもう》に牙を剝《む》き、倒れた人間の方へ向かっていく。

その先で膝をつくのはオルグとルークの二人だ。白兵要員の中でも果敢に呪詛《カース》ヒュドラを攻め続けた二人は、呪いの波を至近距離で浴びてしまったらしく、立ち上がれずにいる。

……させない。

私はこの魔術ポーションを作ったとき、試し撃ちをしなかった。

「【ライトニング】！」

大変なことになるのがわかっていたからだ。

魔術ポーションを飲むと、一時的に魔術を使えるようになる。けれどそれを使いこなせるかは別問題だ。魔術の扱いに慣れていない人間が、繊細な調整なんてできるはずがない。早い話、加減がきかない。

あるいは元の魔力量が少なければ、問題はなかっただろう。

けれど私は違う。一人でプロミアス領全体に行き渡る魔物除けを作り続けた私は、実はかなり魔力量が多いのだ。昔魔道具で私の魔力量を測定したエリカが、「あんた絶対人間じゃないでしょ……」と頰《ほお》を引きつらせたくらいには。

『ギャアアアアアアアアアアアアアアアアアアアアアアア!?』

私の手から放たれた巨大な雷撃は、ジグザクの軌道を描いて呪詛《カース》ヒュドラに吸い込まれた。轟音《ごうおん》が響き、呪詛《カース》ヒュドラが耳をつんざくような絶叫を上げる。

雷撃の進んだ先には核もあった。

『アア……アアア……！』

呪詛《カース》ヒュドラはゆっくりとよろめき、地響きとともにその場に倒れた。

勝ったのだ。魔力を大量に失って体が疲れを訴える中、私は安堵の息を吐く。

「あ、アリシア様……!?　今のは一体……」

「せ、説明はあとです。とにかくすぐに白兵要員の元に行って治療をしないと……手伝ってください！」

「わ、わかりました！」

「……はは、やはりアリシアと一緒にいると退屈せんのう」

ロブスンは慌てて救護のために兵を指揮し、ランドは呆《あき》れたようにそう言う。

そんな中、私は治療のために呪いを浴びた人たちの元に向かうのだった。

第八章

「「「――――くっせえええええええ!?」」」

ポーション作りを手伝ってくれていた冒険者たちがその場でのたうち回る。

成長促進ポーションを作るためには馬糞が必要になるわけだけれど、慣れていない人間にこの臭いは耐えがたいようだ。

呪詛《カース》ヒュドラを討伐してから半月ほどが経った。

私は今もプロミアス領にとどまり、呪詛《カース》ヒュドラの悪影響に対処している。

呪詛《カース》ヒュドラが通った場所は土や生物が汚染され、放置すれば何十年も不毛の地と化す。それを回避するため、解呪ポーションを量産し、散布しているのだ。

成長促進ポーションは、解呪ポーションの素材を作るために用意している。

解呪ポーションを撒くのも重労働だけれど、ありがたいことに、冒険者や兵士たちが快く手伝ってくれている。

彼らいわく、「呪詛《カース》ヒュドラにやられたリハビリに丁度いい」とのこと。

……きっと、気を遣ってくれているんだろう。

「アリシアお姉さまー！」

「ん？」

成長促進ポーションを作っていると、ブリジットがこちらにやってきた。

見慣れない老紳士と一緒だ。服装や雰囲気、数人の付き人を連れていることから、おそらく貴族だろうと思うけれど……どうしましょう、どなたか名前が出てこないんですが。

貴族相手に名前すら知らないのがマナー違反であることは、私にもわかる。まして私は元伯爵令嬢なのだからなおさらだ。ポーション研究にかまけて社交をおろそかにしていた弊害《へいがい》が……！

内心で焦る私に対し、老紳士は気さくに話しかけてきた。

「はじめまして、アリシア君。私はブラド・オールレイス。このたびは大変だったね」

「あ、アリシアです。はじめまして、オールレイス様」

「ブラドで構わないよ。私はかつてこのプロミアス領を支援していた者だ。だが、君が領地を去り、残されたトマス君の振る舞いがあまりにお粗末だったため、手を引かせてもらった」

どうやらこの人物はプロミアス領の支援者だったようだ。

「そして今は、屋敷で謹慎しているトマス君の処遇を言い渡すために王都から来た、伝令役でもある」

「！」

呪詛《カース》ヒュドラを討伐したあと、ロブスンは王都に一部始終を報告した。

私を追放して以降の、トマス様の振る舞いも含めてだ。

それによって国王陛下はトマス様に屋敷で謹慎するよう命じ、有力貴族や王族によって処遇を検討させていた。

トマス様は呪詛《カース》ヒュドラ討伐の報告や、謹慎を命じる書簡を受けて呆然としていた。今も大人しく屋敷で過ごしている。

ブラド様は続けた。

「そして、この領地はしばらく私が預かることになった。新しい領主が決まるまでの、臨時の領主といった形だがね。これが任命状だ」

ブラド様は懐《ふところ》から取り出した一枚の書状を私に見せる。そこには、彼をプロミアス領の暫定的な領主とする旨が記されていた。国王の印璽《いんじ》もある。

「付け加えると、この屋敷を含むトマス君の財産も私が預かることになっている。……アリシア君からすると複雑かもしれないがね」

「いえ、気になさらないでください。ただ朽ちていくより、誰かに使っていただけるほうがずっといいと思います」

「そう言ってもらえるとありがたい」

ブラド様は小さく微笑んだ。

「ところで……トマス様はどうなるのですか？」

「彼のしたことを思えば、厳しい罰は免《まぬか》れない。一部の貴族からは処刑せよとの意見も上がったが、彼は北部戦争の英雄でもあるからね。最終的には『これ』が使われることになった」

ブラド様が私に見せたのは、飾り気のない金属製のリングだ。鈍《にぶ》い輝《かがや》きを放つそれがなんなのか、私は知っていた。これは罪人に対してある罰を課すためのものだ。

「……そうですか」

私はそう呟《つぶや》いた。

トマス様は処刑を免《まぬか》れた。けれどこの魔道具が意味する罰は、彼にとってそれ以上に重い罰かもしれない。そのことに私は痛快さも同情心も抱けず、どこか虚無的な気分でいた。

「もう君が彼と会うことはないだろう。最後に伝言があれば聞いておこうと思ってね。そのために君に話をしに来たんだ」

「……」

伝言、ですか。

私は少し考えてから、あるものと、一行だけの手紙をブラド様に託した。

▽

「失礼するよ」

ブラドが執務室の扉を開けると、奥にはトマス・プロミアスの姿があった。

「オールレイス卿……あなたが来ましたか」

トマスはずいぶんやつれていた。

自分が手も足も出なかった呪詛《カース》ヒュドラを、勘当《かんどう》した娘であるアリシアが倒したことに、大きなショックを受けたのだろう。

あれほど兵士たちに怯《おび》えられていた迫力はすっかりなくなってしまった。

「俺は……私は、処刑ですか」

「いいや、そうはならなかった。それに等しい罰かもしれんがね」

ブラドはトマスの前に金属製のリングを置いた。

それは首輪の形をした魔道具だ。

それを見て、トマスは愕然とした。

ブラドはあくまでも淡々と説明する。

「知っているだろう。これは『追放の首輪』だ。嵌《は》めれば二度とこの国には入れない。この首輪を着けた状態でこの国に入れば、首輪が熱を発して、君の首を焼き切るだろう。トマス君、君はもうこの国の人間ではないのだよ」

ブラドの背後には、鎧《よろい》をまとった騎士が数人控えている。

抵抗することに意味はない。

首輪の留め具を外すトマスの指が震えた。

（……追放。そうか、こんなにも重い罰なのか。こんな思いを俺はアリシアにさせたのか）

この国のためにトマスはずっと生きてきた。

過酷な戦争に挑み、治めるのが難しいプロミアス領の領主を務めた。

それはすべて国を栄えさせるためだ。それこそがトマスの生きる理由だった。

しかしこの首輪を嵌《は》めた瞬間、それらの過去はすべて価値がなくなる。

これからトマスは犬のように泥水をすすって生きるのだ。

トマスは自らに首輪を嵌《は》めた。

「『追放の首輪』は七十二時間後から効果を発揮する。……国境まで馬車を出そう。ついてきなさい」

ブラドの言葉に従い、トマスはうなだれながら屋敷を出る。

屋敷にはもう誰もいない。

使用人たちも全員出て行ってしまった。

トマスの元に最後まで残ったものなど、なに一つない。

屋敷の前に停まっていた、護送用の馬車に乗り込む。

「ああそうだ、渡すものがあったんだ」

「……？」

「アリシア君から預かったものだ。道すがら読むといい」

ばたん。

扉が閉まり、トマスと見張りの騎士二人を乗せた馬車は出発した。

重苦しい沈黙が続く中、トマスはブラドから渡された包みを開く。

中に入っていたのは、瓶が一つと、たった一行だけの手紙だった。

視線を落とす。


『体に気をつけてください』


「――ッ」

メッセージを読んで、言葉を失った。

瓶の蓋には「ヒールポーション」と文字が書かれている。

信じられない思いだった。

あれだけつらく当たっていたのに、アリシアはまだ自分を心配している。

馬鹿な娘だと思った。

そんな娘を切り捨てた自分は、もっと愚かだと思った。

「ああ、あああっ、あああっ……！」

トマスは瓶の蓋を開け、中身を口に含んだ。

ずっと体を覆《おお》っていた倦怠感《けんたいかん》が消えていく。

本当はわかっていた。

ポーションの効果がないなんて嘘だ。

ポーションを憎んでいたのも八つ当たりだ。

アリシアは悪くなかった。妻が死んだのは仕方がないことだった。

それに向き合うことができず、アリシアのせいだと思い込んで考えないようにした。

「あああああああぁあああッ……！」

自分は愚かで弱い人間だ。

そんな自分を最後まで心配してくれた娘を捨てたことを、トマスは悔いた。

がたごとと揺れる護送の馬車からは、すべてを失った男の嗚咽《おえつ》が、長く、長く、響き続けるのだった。

▽

「……」

トマス様の乗った馬車が屋敷を去っていく。

ブラド様の話を聞いたあと、私はなんとなく屋敷のそばまでやってきていた。

国外追放処分となったトマス様は、今後二度とこの国に入ることはできない。再び顔を合わせることはないだろう。

……複雑な気持ちになる。

私とトマス様は最初から今のような関係だったわけではなかった。

去っていく馬車を眺めながら、私はある記憶を思い返していた。


私はお母様が生きていた頃、王都の別邸で暮らしていた。

当時トマス様は北部戦争の英雄として領地を与えられたばかりで、プロミアス領の管理に忙しくしている時期だった。魔物が多かったため私やお母様、メリダ様は王都に残り、トマス様の仕事が落ち着くのを待っていた。

私がその間にしていたのは、お母様の病気を癒《いや》すポーションを作る研究だ。

毎日王立の図書館に入りびたり、調合に関するあらゆる本を読み漁《あさ》っていた。素材の知識、ポーションそのものの仕組みなど、そのときの私にとって不要な知識などなかった。

十歳にも満たない幼女が分厚い本を朝から晩まで読みふけっているのは異様だったようで、悪目立ちしていたような気もする。

図書館では本の貸し出しは原則禁止だったけれど、一度だけ本を借りたことがある。お母様の病気を治したいと言った私に、渋っていた司書は溜め息交じりに許可を出してくれた。

私が物盗りに襲われたのはその日だった。

本は高価だ。分厚い植物辞典を抱えた幼い私は格好の獲物だった。屋敷に戻ろうと一人で歩いていた私はいきなり後ろから殴られ、石畳に叩きつけられた。

「おい嬢ちゃん、いいもの持ってるじゃねえか。これはもらってくぞ」

「……!?」

「どこぞの貴族令嬢だろ？　一人で本なんか持ち歩いてよぉ、いいカモだぜ」

私が迂闊《うかつ》だった、としか言いようがない。早く家に帰って本が読みたいばかりに、近道である、日中でも人通りのほとんどない裏道を選んだ。それが完全に裏目に出た。

私の頭を焦りが支配した。本は、特に知識に関する辞典は高価だ。調査にかかる時間や、絵を多く含むことによる写本の手間などが考慮された値付けがなされている。そんなものをなくせばただでは済まない。

「返して……ください……！」

「はぁ～？　返すわけねえだろ！　これでしばらく金の心配はせずに済むなあ！　はははははははっ！」

笑い声を上げる物盗りの男だったけれど——その背後に、ぬうっと人影が現れた。

「——ずいぶん楽しそうだな」

「は？　……あがっ⁉」

現れたのは、物盗りの男より二回りは大きな体を持つ男性だった。

その男性は物盗りの男の胸倉を掴《つか》むと軽々吊り上げた。

「や、やめろ、放せよっ！」

「言われずとも放してやる」

男性は物盗りの男の手から植物辞典をもぎ取ると、用済みとばかりに男を放り投げた。壁に物盗りの男がぶつかり激しい音を立てる。

男性は咳き込む物盗りの男をじろりと睨《にら》んだ。

「消えろ、王都のゴミが」

「ひ、ひぃいいいいいいいいいいいい！」

低い獣の唸《うな》り声にも似たその一言で、物盗りの男は逃げ去っていった。

一部始終を見ていた私は、ようやく言葉を発した。

「……お父様？」

そう、そのとき物盗りを撃退したのは私の父親、トマス・プロミアスだったのだ。

「お父様、どうして王都に？　今はプロミアス領の整備をしているはずでは……」

「魔物駆除のための人手や武器などが足りんから、その交渉に来たのだ。そうしたらたまたま、路地裏に入っていくお前と、そのあとを追う不審な男の姿が見えたので追ってきた」

経緯を明かしたトマス様は、物盗りから回収した本の表紙を眺める。

「植物辞典、しかも王立図書館のものか。……こんなものを持って一人でうろつくものではない。俺が通りかからなかったらどうするつもりだったのだ」

「……申し訳ありません」

私は俯《うつむ》いた。言い返す言葉もなかった。

少しの沈黙のあと、トマス様は再度口を開いた。

「……リシェーラの病を治すためか？」

リシェーラ――お母様の名前を出すトマス様に私は頷《うなず》いた。

「はい。私には【調合】のスキルがあります。これでお母様の病気を治すポーションを作りたいのです」

「簡単に言うな。王都でもっとも高名な調合師でも匙《さじ》を投げたのだぞ」

「それでも、じっとしていられないんです。少しでもなにかできることがあるなら」

「……そうか」

私が言うと、トマス様はふっと息を吐いた。

笑ったのだ。ごくわずかではあるけれど。

トマス様は大きな手で私の頭を撫でた。

「俺は戦うことしかできん。王からいただいた領地を安定させるにはまだかかるだろう。それまでの間、リシェーラのそばにいてやることはできない」

「……わかっています」

「だから、俺の務めが終わるまでリシェーラのことを頼む。そばにいてやってくれ」

「はい！」

トマス様の言葉に私は頷《うなず》いた。

おそらくトマス様は私のポーションでお母様の病気が治るなんて思っていなかっただろう。けれど私のその気持ちだけでも十分救いになると、そんなふうに思ったのかもしれない。

「屋敷に戻ろう」

「お仕事はいいのですか？」

「そのぐらいの時間はある。大丈夫だ」

仏頂面の表情のままトマス様は裏道を先に進んでいく。私が追いつける程度の歩幅で歩く彼を、私は植物辞典を抱えて追った――


「……今さらこんなことを思い出しても仕方ないでしょうに」

私は自嘲《じちょう》気味に呟《つぶや》いた。

いくらトマス様に家族想いだった時期があるとしても、今回、意固地になって大勢の領民の命を失わせたことが帳消しになるわけではない。彼は領主としての務めを果たせず、罪人として処罰された。それがすべてだ。

私がそんなことを考えていると。

「なに辛気臭い顔してるのよ、アリシア」

「エリカ？　どうしてここに」

声をかけてきたのはエリカだった。

エリカはトリッドの街に戻っていたはずだ。どうしてここにいるんだろう。

「プロミアス領の避難民に支援物資を届けに来たのよ。水とか食料とか、あと毛布とか。どうせ足りてないでしょ？」

首を巡らすエリカの視線を追うと、そこには大量の荷が載った馬車が停まっていた。

呪詛《カース》ヒュドラの出現によって、プロミアス領では現在数百人の避難民が発生している。彼らは呪詛《カース》ヒュドラの影響が少ない土地に作った仮設住宅で暮らしているけれど、汚染されている土地の浄化に人手を割いていることもあり、物資が満足に行き届いているとは言えない。

エリカはそんな彼らに支援をしてくれるつもりのようだ。

「そうでしたか……ありがとうございます、エリカ」

「気にする必要はないわ、アリシア。このぐらい当然のことよ」

「エリカ……！」

「商人ってのは知名度や人気も重要なの。こういうとこで好感度を稼いでおけば、のちのち大きな商談につながるわ。年単位で考えれば収支は余裕でプラスよ」

「……いろいろと台無しな気がします」

なんというか、実にエリカらしい。

「って、あたしのことはいいでしょ。それで、あんたはどうして落ち込んでるわけ？」

「落ち込んでいる、というほどではありませんが……さっき、トマス様が馬車で国境方面に送られていきました。国外追放処分となったようです」

「……そういうことね」

エリカは一瞬だけ私に同情するような視線を向けてから、こう続けた。

「仕方ないわ。あの男はそれだけのことをしたもの。それに、あの男があんたにしたことを忘れたわけじゃないでしょう？」

「もちろん、忘れていません。……ただ、まだ少し気持ちの整理がついていないだけです」

「……あまり思いつめないほうがいいわよ」

「わかっています」

私は頷《うなず》いてそういうものの、エリカは心配そうな表情のままだ。

エリカとそんなやり取りをしていると、トマス様がいた屋敷のほうから一人の騎士が歩いてきた。

「アリシア殿、ここにおられましたか。我が主ブラド・オールレイスがお呼びですので、屋敷までご足労願えますか？」

「ブラド様が？」

一体なんの用だろう。

「ブラド・オールレイスって……もしかしてオールレイス公爵のこと？　王国随一のやり手貴族って噂の？　どうしてこんなところにいるのよ」

エリカが目を見開く。ブラド様の名前を知っているようだ。

「トマス様に処遇を言い渡すため、プロミアス領にいらしたそうです。そして、しばらくここの領主を務められる、と。私を呼ばれる理由はわかりませんが……」

「我が主は『今後のプロミアス領の運営についてぜひ話し合っておきたい』と申しておりました」

プロミアス領の運営について、私と話しておきたいこと？

私はすでにプロミアス領と縁が切れているのだけれど、もしかしてそのことを知らないのだろうか。

とにかく、呼ばれている以上は行っておいたほうがいいだろう。

「アリシアを領地運営のために呼ぶ……？　ってことは間違いなくオールレイス卿の狙いは……」

なにやらぶつぶつ言っているエリカに私は話しかける。

「エリカ、そういうことのようなので少し行ってきます」

「んー……あたしも行くわ」

「え？」

騎士が困ったように告げる。

「申し訳ありませんが、我が主が呼んでいるのはアリシア殿のみです」

「もちろんそれは承知していますが、アリシアが私の同行を求めているのです。……そうよね？」

にっこり笑ってエリカが私のほうを見た。その目からは「いいから頷《うなず》け」という意思が伝わってくる。なんとなく、断ったら大変なことになるような気がしてならない。

「そ、そうですね。エリカにも来てほしいです」

「ほら、アリシアもこう言っていることですし。もちろんオールレイス卿に拒否されればすぐに引き揚げますから」

騎士は仕方なさそうに頷《うなず》いた。

「……わかりました。それでは我が主の元までご案内します」


屋敷に足を踏み入れる。

ここに客人として来るのはなんだか不思議な気分だ。使用人の一人もおらず、なんだか知らない場所に入り込んだような気になる。

騎士に案内されるまま進んでいくと、執務室に到着した。

「呼び立ててすまないね、アリシア君」

執務室ではブラド様が待っていた。

「いえ、構いません」

「トマス君は無辜《むこ》の領民をいたずらに死なせた咎で、国外追放となった。『追放の首輪』を粛々と受け入れていたよ。ああ、君から預かったものはきちんと渡しておいた。そこは安心してくれ」

「……はい。ありがとうございます」

やはりトマス様は国外追放を言い渡されたようだ。死罪を免《まぬか》れただけでも幸運だと考えるべきだろう。

「さて、それで用件についてだが……その前にそちらの少女について紹介してもらえるかな？」

ブラド様の言葉を受けて、私が口を開く前にエリカが一歩前に出た。

「お初にお目にかかります、オールレイス卿。私はエリカ・スカーレル。スカーレル商会の支部長の一人を務めております」

その挨拶《あいさつ》は貴族さながらだ。普段の勝ち気なエリカとは別人に見える。

「なるほど、噂は聞いているよ。十代半ばにして王国きっての大商会、スカーレル商会の今後を担う優秀な女商人だと」

「光栄ですわ」

「個人的に君のような人材に興味はあるが……今はアリシア君と大事な話がある。悪いがお引き取り願えるかな？」

「残念ながら頷《うなず》きかねます。――オールレイス卿がアリシアとしたい話というのは、魔物除けの導入についてではありませんか？」

「……その通りだ。よくわかったね」

一瞬ののち、頷《うなず》くブラド様。

「……あの、エリカ。どうしてそれがわかったんですか？」

「むしろそれ以外になにがあるのよ。今のあんたは領主の娘でもなければ、そもそも領地運営の経験もないのよ？　そんなあんたに声がかかるなんてポーション絡みに決まってるわ。で、この領地で一番必要なポーションといえば、魔物除け以外にないじゃない」

呆《あき》れたように言うエリカ。……言われてみれば。

エリカはさらに続ける。

「魔物除けは、アリシアと我々スカーレル商会の共同開発によって生み出しました。である以上、魔物除けに関する話し合いであれば無視はできないのです」

エリカの言う通り、魔物除けは開発の際にエリカから材料や実験のための環境を用意してもらっていた。実際に作業をしたのは私だけれど、エリカの協力なくして魔物除けは開発できなかっただろう。

「これはあくまでアリシア君と私の間での話し合いだ、と言ったら？」

「アリシア自身が私の同席を望んでいますので」

エリカが堂々と言い放つと、ブラド様は苦笑を浮かべた。

「……わかった。それではエリカ君も話し合いに参加してもらおう。アリシア君の希望なら仕方ない」

「寛大なご対応に感謝いたしますわ」

こうしてエリカの話し合いへの参加が認められた。

さて、とブラド様が話を切り出す。

「私がしばらくプロミアス領を治めることになった以上、最初に片付けるべきはフォレス大森林からやってくる魔物への対策だ。この領地の人々に話を聞いたところ、アリシア君の魔物除けポーションなるものが絶大な効果を持つそうだね。魔物への対策として、ぜひそれを採用したい」

私は目を見開いた。

魔物除けがプロミアス領で採用される日が来るなんて想像もしなかったからだ。

「も、もちろんです！　喜んで協力いたします」

「ありがたい。それでは一つ提案だ。アリシア君、魔物除けのレシピを公開してはもらえないだろうか？」

「レシピを公開、ですか？」

聞き返す私にブラド様は深く頷《うなず》く。

「この領地の兵士たちに話を聞いて、おおよその事情は私も理解している。ポーション嫌いのトマス君の目を盗み、スカーレル商会の力を借りて魔物除けを行き渡らせていたのだろう？」

「その通りです」

「ちなみに聞いた話では、領地全体に行き渡るほどの量の魔物除けを君が一人で数年間作り続けた、などという情報もあったが……」

「そうですね」

私が再度頷《うなず》くと、ブラド様は表情を引きつらせた。なんだか信じられないものを見るような目だ。

「あの、なにか？」

「いや……まあ、今はその点については触れないでおこう。冷静でいられなくなりそうだからね」

ブラド様は咳ばらいをし、話を戻した。

「とにかくだ。アリシア君がどれだけ有能な調合師でも、そんなやり方が今後も維持できるとは思えない。たとえばアリシア君が今後病気になり、調合が行えなくなった場合は？　魔物除けの生産は途切れ、再びプロミアス領は魔物の脅威にさらされることになるだろう」

確かにブラド様の言う通り、今までのやり方では私に依存する部分が大きすぎる。政策として正式に採用するには不安定だと考えるのは当然だ。

「うちの商会でも魔物除けを生産している……というのは解決になりませんね」

「その通りだ、エリカ君。この場合問題点となっているのは、魔物除けを作れる人間が少なすぎるということなのだから。いち個人、いち商会に頼り切った対策は対策とは言えない」

エリカの言葉にブラド様は頷《うなず》き言った。

「シアン領主はそれも受け入れたようだが、おそらくそれは魔物除けの効果をまだ測りかねているからだろう。あちらの領地でも、遅かれ早かれレシピ公開の必要性が議題に上るはずだ。どうかね、アリシア君。魔物除けの調合レシピを明かしてはくれないか？　それさえあれば、プロミアス領は未来永劫魔物の脅威から解放されるだろう」

真摯《しんし》な口調でそう言ってくるブラド様。

調合レシピを公開すれば、当然ブラド様は私に依頼する必要はなくなる。おそらくギルバート様もそうなるだろう。

そうなれば私の収入は減ることになるけれど……もともと魔物除けはプロミアス領を平和にするために作り出したものだ。そのことは私にとって金銭面より大きな意味がある。

「……エリカ。こう言われては、私としてはレシピを公開してしまっても——」

「いいわけないでしょ馬鹿」

即答で却下された。しかも呆《あき》れたような視線のおまけつきだ。

「で、ですが、エリカは私が魔物除けを開発した理由は知っているでしょう？」

「ええ、よく知ってるわ。そこをないがしろにするつもりはない。けど……きちんと手順は踏まないとだめよ」

「手順？」

エリカは私からブラド様に視線を移した。

「オールレイス卿。プロミアス領の恒久的な平和のためには、魔物除けのレシピが必須であることは同意します」

「それはなによりだ」

「しかし私としては、よその領地の平和よりも自らの明日が気になってしまうものでして……オールレイス卿は、ポーションのレシピ開発にどれだけの時間や費用がかかるかご存じですか？　レシピを公開すれば、それはすべてふいになってしまいます」

ブラド様はとんでもないというように肩をすくめる。

「当然、魔物除けのレシピにはしかるべき額を支払うつもりだよ」

「そうですか。では、金額をご提示いただけますか？」

「そうだな……では、一億ユールでいかがかな？　レシピ一つの値段としては破格だと思うが」

一億ユール。向こう数十年は遊んで暮らせる額だ。

しかしエリカは口元に手を当てて笑った。

「ご冗談を！　この魔物除けは、そもそも国外にも通用するもの。商売相手はいくらでもいます。そのことを考えれば、このレシピの価値はとても量り切れません。『買い切り』という形がそもそもふさわしくないと考えます」

「……つまり、使用料を支払えと？　魔物除けを生産するたびに、レシピを開発したアリシア君やスカーレル商会に対して」

「そうですね。そのような形であれば、私たちの苦労も報われます」

ブラド様は溜め息を吐き、それから苦笑いを浮かべた。

「……やはり抜け目ない。さすがはスカーレル商会の次期会長と目される人物だね」

「お褒《ほ》めにあずかり光栄です」

商談用の綺麗な笑みを浮かべるエリカ。おそらく彼女の頭の中ではすさまじい勢いで利益の計算が行われていることだろう。

「では、本格的に交渉を開始しようか。しかるべき対価さえあれば、レシピの公開には賛成ではあるんだろう？」

「それはもちろん。私もアリシアも、プロミアス領の平和を願う心に偽りはありませんから」

その後エリカとブラド様は本腰を入れて商談を開始するのだった。

エリカがどこか楽しそうな顔をしていたのは、気のせいではないだろう。

話し合いを端で聞いていて思ったのは、ブラド様も一筋縄ではいかないということだ。人を騙《だま》すという感じではないけれど、自分に有利な結論になるよう会話を誘導するのが抜群にうまい。

……エリカについてきてもらって正解だった。私一人でブラド様と話していたら、あっさり丸め込まれてしまっていたことだろう。

「……こんなところか」

「ええ。この方法であればうちとしても異論はありません。アリシアも構わないでしょ？」

「は、はい」

数時間に及ぶ話し合いの末、結論は次のようなものになった。

魔物除けのレシピは薬師ギルドにて公開され、毎年一定の料金を支払う者、あるいは工房だけが知ることができる。

私はなにもしなくても、魔物除けが世界のどこかで作られるたびに使用料が転がり込んでくる形だ。収入は二等分され、私とスカーレル商会の懐《ふところ》に入る。

この権利は二十年の間続き、その期限が切れたのちは薬師ギルドに所属する者なら誰でも作れるようになる。

「これが実現すれは世界が変わるだろう。……まったく、アリシア君がこの国の人間でよかったよ。他国に君のような存在がいたらと思うとぞっとする」

話し合いがまとまったあと、ブラド様はそんなことを呟《つぶや》く。

この屋敷の中でポーションについて褒《ほ》められるというのは不思議な気分だ。

「ぜひ今後ともよき関係でありたいものだ。もっとも、君との交渉は簡単ではなさそうだが」

「嫌ですわオールレイス卿。私はただ友人が心配なだけですのに」

「……やれやれ。アリシア君のような逸材がどうして今まで隠れていられたのか、よくわかったよ」

エリカの意味深な言葉に、ブラド様はそんな感想を漏らすのだった。

▽

薬師ギルドにはブラド様から話を通してくれることになった。

屋敷を出たあと、エリカが伸びをしながらこんなことを言う。

「薬師ギルドを介すれば世界中の調合師にこのレシピの存在が知られるから、当然レシピの使用希望者が殺到するわ。二十年で何十億ユール……いえ、何百億ユールの儲《もう》けになることかしらね」

「エリカはさすがですね。レシピを売ってしまうのではなく、公開することで使用料を得るなんて。私には思いつきもしませんでした」

最初は一億ユールでレシピを売る話だったのが、気付けばさらに莫大《ばくだい》な利益を得られることになってしまった。正直私には現実感が全然ない。

「あのねえ。確かに利益をできるだけ大きくしたのは否定しないけど、別にさっきの話はそのためだけにやったわけじゃないわよ」

「そうなんですか？」

「牽制《けんせい》みたいなものね。『アリシアにちょっかいかけたら黙ってないぞ』って伝えるための。……魔物除けみたいな有用なポーションを開発できる調合師を、権力者たちが放っておくはずがないわ。あんたを取り込むためにどんな手段を使うかわかったもんじゃない」

「……怖いことを言わないでください」

「いい加減現実を見なさいっての。とはいえ、うちがバックについてれば貴族たちもやりにくいはずよ。スカーレル商会にそっぽを向かれれば、国全体が大打撃を受けることになる。あんたに対して強引な手段も取りにくくなるでしょ」

エリカはこともなげにそんなことを言う。

「……エリカは私のことを心配してくれているんですか？」

「そりゃ心配もするわよ。あんた、死ぬほど騙《だま》されやすいんだから」

「うっ、否定できません」

心当たりが多すぎる。

……思えばエリカはいつも私のことを気にかけてくれていた。私が追放されたときも、調合師が足りないと困っていたときも手を貸してくれた。感謝してもしきれない。

「とりあえず今後はランドとかルークとかとできるだけ一緒にいるようにして――あとはオルグと一緒に食事にでも行っておけば完璧ね」

「はい？」

わからない。どうしてここでオルグと食事なんて話になるのだろう。

ちなみにオルグはすでにトリッドの街に戻っている。途中まで呪詛《カース》ヒュドラに汚染された土地の浄化を手伝ってくれていたけれど、向こうで危険な魔物が出たとかで呼び戻されたのだ。

凄腕冒険者のパーティだけあって忙しい人たちである。

ごほん、とエリカがわざとらしく咳ばらいをする。

「今からちょっと真面目な話をするわね」

「な、なんですか急に」

「……あんまり一人で抱え込むんじゃないわよ」

「え？」

予想外の言葉に目を瞬《またた》かせる。そんな私にエリカはこう続けた。

「母親は亡くなって、姉は獄中。残った父親は国外追放になって、あんたは自分が一人になったと思うかもしれないけど……それは違うわ。今のあんたには味方になってくれる人間が何人もいる。一人で悩んで苦しくなったら、さっさと吐き出しちゃいなさい。あたしにでも、他の誰でもいいから」

「エリカ……」

「そうすれば多少は気持ちもすっきりするでしょ。前向きになれば、新しい目標だって見えてくるんじゃない？」

新しい目標。

そんなことは考えたこともなかった。

今まで私の頭の中にあったのは、自分の店を持つことと、プロミアス領が平和になることだ。けれど前者はすでに達成しているし、後者も領主が変わったことで解決に向かうだろう。

私は次の目標を決める時期に来ているのかもしれない。

最近はプロミアス領の立て直しに気を取られて、その先のことを考えていなかった。

「……ありがとうございます、エリカ。少し気が晴れました」

「それならいいけど。じゃ、あたしは支援物資を届けに行くから。今後オールレイス卿や他の貴族が商談を持ち掛けてきたら、あたしや……そうね、ルークあたりに相談すること。いいわね？」

「わかりました。遠慮なく甘えさせてもらいます」

避難民たちの支援物資を山ほど載せた馬車を操り、エリカは去っていく。

「……新しい目標、ですか」

思い浮かぶことが一つだけある。

そのことについて考えながら、私は宿に向かって歩き出した。

エピローグ

私たちが滞在している『銀《ぎん》の梟亭《ふくろうてい》』は、領都の一角にある高級宿だ。

本来なら平均的な宿代の数倍出さないと利用できないような宿だけれど、宿の亭主や街の人たちの計らいにより、呪詛《カース》ヒュドラの汚染を浄化する間無料で泊まらせてもらっている。

そんな宿の一室に向かうと――

「む、ようやく戻ったか」

「アリシア、お疲れ様」

「ランド、ルーク……それにレンも」

私とブリジットが泊まっている部屋にルークたち男性陣の姿もあった。

どうしたんでしょうか？

「昼間アリシアが作った分で、解呪ポーションが必要な量に届いたらしい。あとは薄めて撒くだけだから、残りはプロミアス領の人間だけでできるってよ」

「兵士長のロブスン様がそうおっしゃっていましたわ！」

レンとブリジットがそう説明してくれる。

どうやらもう解呪ポーションは必要ないようだ。

最初にＥＸランクの解呪ポーションがいくつ必要かは試算したものの、延々と調合しているうちに残りいくつ必要かという計算が頭から抜けていた。

「兵士や街の人たちがアリシアに感謝しておったぞ」

「そう、ですか」

「アリシアのほうはなにをしてたんだい？」

「私のほうは……」

ルークに聞かれ、私はさっきまでの出来事をみんなに共有した。

「トマス様は国外追放か……予想はしていたけど、なんとも言えない気分になるね」

「はっ、ぬるいもんだぜ。さすがは北部戦争の英雄サマだな」

「レン様、そんな言い方ありませんわ！　仮にもアリシア様にとっては父親ですのよ⁉」

「落ち着きなんか、二人とも。……アリシア、お主は大丈夫か？　気にしすぎてはおらんか」

その場の四人が思い思いの反応を返す中、私は素直な気持ちを吐露《とろ》した。

「平気です。あの人に言いたかったことは、詰所の一件でおおよそ言えていますし……彼が死罪となったわけでもありません。落ち込んだりはしていませんよ」

トマス様に対する溜飲はすでに下がっている。血のつながった人物だけに処刑でもされていたらこたえたかもしれないけれど、そうはならなかった。

二度と会えないかもしれない。

けれど、トマス様が死んだわけではない。

今回の結果は私にとっては悪くない落としどころだ。

「それに、今はみんながいてくれますから」

私が言うと、レンが半ば呆《あき》れたように言った。

「……お前、よくそんな恥ずかしいこと真顔で言えるな」

「……できればさらっと流してください。正直私も少し恥ずかしいです」

今ならエリカがちょっと言いにくそうにしていた理由がわかる。言葉に嘘はないけれど、正面からみんなの顔を見られない。

「と、とにかく、心配しないでください。それに実は、新しい目標も決まっているんです」

「目標？　なにかやりたいことでもあるのかい？」

尋ねてくるルークに私は頷《うなず》きを返す。


「私の母を死に至らしめた病をポーションによって根絶すること――それが私の新しい目標です」


以前ルークには話したことがある。

私の母親は病気で亡くなった。当時の私はお母様が亡くなるまで必死にそれを癒《いや》せるポーションを作ろうとしたけれど、成功しなかった。私にとっては苦い敗北の記憶だ。

今さら治療法を確立したところで亡くなったお母様は帰ってこないけれど、同じ病に苦しむ人を救うことができるなら、それは私にとって大きな意味がある。

「もちろんトリッドの街でお店の経営も続けます。ずっと気がかりだったプロミアス領は、今後平和になっていくでしょうし。幸い領主代理を務めるオールレイス卿は魔物除けを魔物対策として使うことに積極的なようですから」

呪詛《カース》ヒュドラによって汚染された土地の浄化。

フォレス大森林からやってくる魔物への対策。

こういった問題が解消されていくのは時間の問題だ。だからこそ、私は自分の本当の望みを叶えるために動くことができる。

「今回のことでよくわかりました。私は一人ではなにもできません。でも、みんながいれば大きなことも成し遂《と》げられるような気がします。どうか、これからも手を貸してください」

私がそう言って頭を下げると、苦笑するような穏やかな息遣いが聞こえた。

「無論じゃ。お主といると退屈せずに済むからのう」

「俺は護衛として雇われてる身だし、もちろん構わないよ」

「ふん、おれはボスの言いつけ通りアリシアのもとで働くだけだ」

「私もアリシアお姉さまのためならどんなことでもお手伝いしますわ！」

四人の温かい言葉に、私は思わず口元が緩んでしまう。

「ありがとうございます。これからもよろしくお願いしますね」

今回の一件で私の周囲には大きな変化が訪れた。

トマス様はプロミアス領主を解任され、私が魔物除けを開発した調合師であることも知れ渡った。

もしかすると、これまで以上のトラブルに見舞われることもあるかもしれない。
それでも、この頼りになる仲間たちと一緒なら乗り越えられるだろう。
私はそんなことを思うのだった。

根も葉もない汚名を着せられ、王太子に婚約破棄された挙句に教会を追放された元聖女候補セルビア。家なし金なし仕事なしになった彼女は、ひょんなことから『剣神』と呼ばれる剣士ハルクに出会う。彼も「役立たず」と言われ、貢献してきたパーティを追放されたらしい。なんだか似た境遇の二人は意気投合! ハルクは一緒に旅をしないかとセルビアを誘う。——今まで国に尽くしたのだから、もう好きに生きてもいいですよね? 彼女は国を出て、第二の人生を始めることを決意。するとその旅の道中で、セルビアの規格外すぎる力が次々に発覚して——!?
神に愛された元聖女候補と最強剣士の超爽快ファンタジー、開幕!

◉各定価:1320円(10%税込)　◉Illustration:吉田ばな

新＊感＊覚ファンタジー！

Regina レジーナブックス

年の差夫婦は今日も相思相愛

王太子から婚約破棄され、嫌がらせのようにオジサンと結婚させられました

～結婚したオジサンがカッコいいので満足です！～

榎《か》夜《や》

イラスト：アメノ

婚約者の王太子カインに冤罪で糾弾され、親子ほど年の差のある辺境伯レオンに嫁いだ公爵令嬢シャルロット。しかしレオンは、年の差を感じさせないほど若々しく、領民に慕われる紳士だった。自分を大事に扱ってくれるレオンにシャーロットは惹かれ、レオンもまた彼女を愛するようになる。二人の幸せを妬んだカインとその恋人リリアが何かと問題を起こしてくるが、相思相愛になった二人の敵ではなく……

詳しくは公式サイトにてご確認ください。

https://www.regina-books.com/

携帯サイトはこちらから！

新＊感＊覚ファンタジー！

レジーナブックス Regina

イラスト／こよいみつき

★トリップ・転生

転生幼女。神獣と王子と、最強のおじさん傭兵団の中で生きる。1～4

餡子《あんこ》・ロ・モティ

見知らぬ草原で目を覚ました優乃。よく見ると体が幼女になっている――直感で転生したことを悟ったものの、彼女はあっさりこの世界で生き抜くことを決意。転生ライフをスタートさせるやいなや、偶然出会った過保護な神獣や最強傭兵団と共にあり得ない奇跡を次々と引き起こして⁉　チート連発異世界ファンタジー開幕！

イラスト／1～3巻：タカ氏
4巻：黒檀帛

★トリップ・転生

転生ババァは見過ごせない！1～4

～元悪徳女帝の二周目ライフ～

ナカノムラアヤスケ

恐怖政治により国を治めていた、ラウラリス。人々から「悪徳女帝」と呼ばれ、恐れられた彼女の人生は、齢八十を超えたところで勇者に討たれ、幕を閉じた。――はずだったのだが、三百年後、見た目は少女・中身はババァで大復活⁉　二度目の人生は気ままに生きると決めたのだが、いつの世にも悪い奴はいるもので……

詳しくは公式サイトにてご確認ください。

https://www.regina-books.com/

携帯サイトはこちらから！

自称悪役令嬢な妻の観察記録。
1～2
RC Regina COMICS
シリーズ累計
192万部突破!!
（電子含む）
原作＝しき
漫画＝蓮見ナツメ
Presented by Shiki & Natsume Hasumi
アルファポリスWebサイトにて
好評連載中!!
＼どたばたラブコメファンタジー／
待望の続編!!
『悪役令嬢』を自称していたバーティアと結婚した王太子セシル。楽しい新婚生活を送っていたところ、バーティアの友人・リソーナ王女から結婚式のプロデュース依頼が舞い込んだ。やる気満々のバーティアをサポートしつつシーヘルビー国へ向かったけれど、どうもバーティアの様子がおかしい。すると、バーティアが
「私、リソーナ様のために
代理悪役令嬢になりますわ!!!」
そう宣言して――!?
元一流悪役令嬢として打倒王子を掲げて頑張りますわ!!!!!
悪役令嬢の大先輩である私が代理悪役令嬢になりますわ!!!!!
大人気どたばたラブコメファンタジー待望の続編!
大好評発売中!!
アルファポリス 漫画 検索
B6判／各定価：748円（10%税込）

ある日突然、自分が乙女ゲームの悪役令嬢に転生していると気づいたエリーゼ。テンプレ通り、王子から婚約破棄されたけど……そんなことはどうでもいい。せっかく前世の記憶を思い出したのだから、料理チートとか内政チートとか色々やらかしたい！さっそくサクッとざまぁを済ませ、家族も国もみんな巻き込み、乙女ゲーム世界にあるまじき“あの料理”で飯テロを巻き起こして――!?

アルファポリス 漫画 検索

B6判／各定価:748円(10%税込)

LEAVE ME ALONE!
ほっといて下さい
従魔とチートライフ楽しみたい!
1~3
原作 三園七詩
Nanashi Misono
漫画 鳴希りお
Rio Naruki
大好評発売中!
Regina COMICS
伝説のもふもふお供に
愛され幼女、異世界満喫中!?
OLのミヅキは、目が覚めると見知らぬ森にいた——
なぜか幼女の姿で。どうやら異世界に転生してし
まったらしく困り果てるミヅキだったが、伝説級の魔
獣フェンリルに敏腕A級冒険者と、なぜだか次々に心
強い味方——もとい信奉者が増えていき……!?
無自覚チートな愛され幼女のほのぼのファンタジー、
待望のコミカライズ!
アルファポリス 漫画 検索
Webにて好評連載中!
B6判／各定価：748円(10%税込)

この作品に対する皆様のご意見・ご感想をお待ちしております。

おハガキ・お手紙は以下の宛先にお送りください。

【宛先】

〒150-6008 東京都渋谷区恵比寿 4-20-3 恵比寿ｶﾞｰﾃﾞﾝﾌﾟﾚｲｽﾀﾜｰ 8F
（株）アルファポリス　書籍感想係

メールフォームでのご意見・ご感想は右のＱＲコードから、
あるいは以下のワードで検索をかけてください。

アルファポリス　書籍の感想　検索

ご感想はこちらから

本書は、「アルファポリス」（https://www.alphapolis.co.jp/）に掲載されていたものを、改題、改稿のうえ、書籍化したものです。

私《わたし》を追放《ついほう》したことを後悔《こうかい》してもらおう2
〜父上《ちちうえ》は領地《りょうち》発展《はってん》が私《わたし》のポーションのお陰《かげ》と知《し》らないらしい〜

ヒツキノドカ

2023年 8月 5日初版発行

編集－星川ちひろ・飯野ひなた
編集長－倉持真理
発行者－梶本雄介
発行所－株式会社アルファポリス
〒150-6008 東京都渋谷区恵比寿4-20-3 恵比寿ｶﾞｰﾃﾞﾝﾌﾟﾚｲｽﾀﾜｰ8F
TEL 03-6277-1601（営業） 03-6277-1602（編集）
URL https://www.alphapolis.co.jp/
発売元－株式会社星雲社（共同出版社・流通責任出版社）
〒112-0005 東京都文京区水道1-3-30
TEL 03-3868-3275
装丁・本文イラスト－しの
装丁デザイン－AFTERGLOW
（レーベルフォーマットデザイン―ansyyqdesign）
印刷－図書印刷株式会社

価格はカバーに表示されてあります。

落丁乱丁の場合はアルファポリスまでご連絡ください。

送料は小社負担でお取り替えします。


ISBN978-4-434-32338-6 C0093